# UNA SEMANA
# DE OCTUBRE

# UNA SEMANA DE OCTUBRE

*Elizabeth Subercaseaux*

© 2009, Elizabeth Subercaseaux

© De esta edición: 2009, Aguilar Chilena de Ediciones S.A.

Dr. Aníbal Ariztía 1444, Providencia, Santiago de Chile

Teléfono (56 2) 384 30 00

Telefax (56 2) 384 30 60

www.sumadeletras.com

Diseño de cubierta: Dis&play

*Primera edición: marzo 2010*

ISBN: 978-956-239-693-6

Impreso en Chile - Printed in Chile

A mi tía Pilar,

irreemplazable compañera de mi vida.

# Índice

El anuncio ...................................................... 13

El cuaderno .................................................... 23

Dos rostros en la escalera ............................ 31

El cuaderno .................................................... 39

El túnel ......................................................... 43

El cuaderno .................................................... 53

Un extraño en un café .................................. 59

El cuaderno .................................................... 73

Leonel Hyde ................................................. 77

El cuaderno .................................................... 91

Domingo, memoria ....................................... 101

El cuaderno .................................................... 117

Lunes, desasosiego ....................................... 125

El cuaderno .................................................... 141

Martes, reencuentro ..................................... 151

El cuaderno .................................................... 167

Sábado, muerte ............................................. 175

El cuaderno .................................................... 189

Acaba de suceder algo inusitado.
Quintín encontró mi manuscrito y lo está leyendo.

Rosario Ferré, *La casa de la laguna*

# El anuncio

Sólo me di cuenta de la profundidad del silencio en el cuartucho donde nos encontrábamos cuando percibí el aleteo de una mosca atrapada entre la pantalla y la ampolleta de la lámpara. No llegaba el menor ruido de la calle. Como si el mundo exterior hubiera desaparecido. Leonel se hallaba de espaldas en la cama mirando al techo, completamente sereno y relajado, tan mudo y quieto que era como si no estuviera. Había apagado el cigarrillo y el humo blanco vagaba por el aire de la pieza. Yo estaba sentada a su lado con las piernas encogidas y el mentón apoyado entre las rodillas.

—Qué rara puede ser la forma como se dan las cosas —dije.

Leonel no dijo nada.

—¿No te parece que esto es muy extraño? A veces me pregunto si no estará todo determinado desde siempre. ¿Qué crees tú? Tal vez nosotros dos nacimos destinados a pasar estas horas haciendo el amor. Cuando lo pienso me dan escalofríos. Querría decir que todo está dispuesto y la vida es un asunto sin opciones. Prefiero pensar que, dentro de ciertos límites, tenemos libertad para decidir y algún control sobre nuestro destino. ¿Y tú?

No hubo respuesta.

Entonces me volví a mirarlo. Estaba inmóvil con los ojos pegados en el techo blanco. Los tenía abiertos, fijos, detenidos, ay, sin mirada ni brillo, apagados. No había emitido ni el más leve quejido y su rostro había adquirido la rigidez del mármol.

Así terminó su vida. Sin un ruido, sin una señal, sin el menor aviso. Como un zancudo que se cambia de lugar.

Al principio pensé que era yo quien lo había contagiado con mi mala suerte, era yo quien me había convertido en una especie de rey Midas al revés y lo que tocaba se transmutaba en muerte. Me sentía tan responsable de su muerte como a ratos me he sentido de la mía que se avecina. Pero ahora me doy cuenta de que aun cuando esta aciaga enfermedad sea el preludio de mi propio final, no tuve nada que ver con el desenlace de mi amante. La muerte de Leonel tiene su propia génesis y se inició una semana antes, aquel sábado en mi huerta, cuando vi a esa extraña vieja meando junto al ciruelo.

La mañana del sábado 9 de octubre estaba desmalezando la tierra donde plantaría los tomates y de pronto tuve una sensación muy insólita, semejante a lo que había sentido de niña cuando enterramos a mi abuela en el cementerio de Molco. La esencia de las cosas había cambiado, como si los ciruelos que plantó Clemente, las hojas de los helechos, la tierra que acababa de remover con tanto cuidado y hasta yo misma hubiéramos sido habitados por una nueva presencia. Miré al cielo y advertí que empezaba a oscurecer, una masa de nubes negras y espesas se cerró sobre mi cabeza y al minuto siguiente el mundo quedó envuelto en un oscuro silencio. No puede ser, son las once de la mañana, debe tratarse de un fenómeno climatológico, me dije tratando de controlar mi creciente nerviosismo. En eso noté que la naturaleza dejaba de respirar. Se avecinaba una tormenta o algo parecido. El aire se había espesado como en esos días que parecen sopa, en pleno verano. Estaba metida en un sueño caliente y estático, atrapada en la aplastante quietud de esa especie de noche sin sentido.

De pronto tuve la certidumbre de que en la huerta había alguien más. Giré la cabeza y vi a una vieja larga y huesuda vestida con andrajos negros. Había salido de la nada y se encontraba meando en cuclillas junto al tronco de un ciruelo, a escasos metros de mí. La vieja ni siquiera me miró. Siguió meando como si yo no existiera. Mis ojos hipnotizados quedaron pegados a su chorro. Era un chorro cristalino que salía ininterrumpidamente, un hilo de oro claro que me llamó profundamente la atención. Hubiera dicho que los meados de la muerte son un líquido viscoso y verde, con un olor que se instala para siempre en la nariz de la memoria. La vieja siguió meando tan tranquila, sin prisa ni bochorno, como si fuera a seguir haciéndolo para toda la vida. Y yo sabía que mi deber era esperar a que terminara.

Aquí sí que me jodí, pensé, dándome vueltas en un torbellino de ideas negras que cruzaron por mi mente, esta vieja vino a buscarme. Seguro. Me apuntará con el dedo y me dirá: «Bueno, Clara, ya no se puede estirar más el elástico, no pienso regresar sola a los potreros donde la eternidad duerme abrazada a mi capote de sargento». Ya está, ésta es mi hora, hasta aquí no más llegué, en ninguna parte está estipulado que se deba morir recostada en una cama, ni en un hospital o luego de estar dos semanas gravemente enferma. Para morir no hay edades ni principios fijos. La muerte es un férreo sargento, estricto en sus arrestos, escribió Shakespeare, y nunca se ha dejado arredrar por la edad de sus víctimas. La gente muere en el lugar menos pensado. En el cuarto de baño, conduciendo un auto, pronunciando un discurso. O leyendo *Dublineses* como mi padre. Cómo y dónde se muere es lo que menos importa, lo peor es lo que viene después: despertar y no saber qué hacer, no saber hacia dónde dirigirse, sentir que no existe el suelo, que no hay nada más que aire, estar en un lugar donde no se ve a nadie ni se escucha más que el rumor interno de uno mismo, un lugar donde no es posible decir si es de día o de noche, porque no existe la luz ni la falta de ella, y saber que se permanecerá allí y en ese estado para siempre. Se me pusieron los pelos de punta.

En eso la vieja alzó la cabeza y se apartó de la frente un grueso mechón de cabello grasoso para clavarme una mirada que me pareció familiar. Al instante me di cuenta con horror que sus ojos eran mis propios ojos. Ayyy, si era yo misma. Algo muy grave debe estar a punto de pasarme, ésta es la señal. Entonces no supe qué era lo que estaba a punto de pasar, ni señal de qué podía ser aquella horrenda señora que me escrutaba con mis propios ojos.

Lo más natural habría sido pensar que era la manera que había escogido mi enfermedad para anunciarme que terminaría aniquilándome, no obstante una vocecita interior me decía que no, no era eso, la vieja había venido para prevenirme de algo.

Aquello fue el anuncio de la muerte de mi amante, pero, claro, en ese momento no había forma de que lo supiera porque mi amante no existía. Es decir, existía para mucha gente, no para mí.

De repente y ante mi asombro la vieja se hizo humo y desapareció tan abruptamente como había llegado. El cielo comenzó a recuperar su claridad de todas las mañanas, el corazón me zumbaba en los oídos, recogí más que ligero los guantes que se habían caído al suelo, el azadón y el pequeño rastrillo que había comprado hacía unos días y me dirigí corriendo hacia la casa. Al pasar por el comedor me detuve frente al espejo que había al lado de la puerta. Era yo misma, Clara Griffin; nada había cambiado, ahí estaba mi cara pálida y delgada de todos los días, mis ojos negros, mi boca de labios abultados.

A lo mejor no había sido cierto que fui visitada por la muerte, ni los sueños eran enteramente fiables, pero una vez dentro del ámbito claro y agradable de nuestra casa me sentí segura. No era que me gustara esa casa, porque nunca me gustó tanto o, mejor dicho, nunca fui lo que se llama feliz en ese lugar exquisitamente decorado por Clemente. Ahora que lo pienso no sé si he sido realmente feliz en alguna parte, pero en esa casa vivía con la sensación de moverme en un espacio que no me pertenecía. Era un lugar bello, pero siempre silencioso y desangelado donde reinaban el buen gusto y la armonía, no lo niego, todo se veía ordenado y prolijamente limpio, no había nada feo, pero no había nada mío. Un lugar sin alma. Los muebles, los cuadros, las alfombras, los objetos antiguos, todo había sido escogido por Clemente, y desde antes que llegaran esas cosas ya existía el lugar para cada una, como si en el momento de construir aquellos espacios diseñados para llevar la vida acompasada y exacta que a Clemente le gustaba y a mí me deprimía, él ya supiera qué objetos compraría y dónde quería colocarlos. Los dos sillones flamencos a ambos lados de la chimenea, el escritorio inglés que perteneció a un presidente junto al ventanal, el precioso librero regencia que consiguió en Valparaíso arrimado a la pared del fondo, el jarrón azul de Sèvres sobre la mesa del vestíbulo, el biombo de Coromandel, otrora propiedad de una millonaria francesa que no quiso dejar sus huesos en Chile y regresó a morir en su antigua casa de San Juan de Luz, el espejo reina Ana que me regaló para el décimo aniversario de matrimonio. Es una pieza única de comienzos del siglo XVIII, dijo al entregarme el pequeño mueble lacado, con el espejo en la parte superior y un cajoncito donde cabían tres cajas de polvos y dos cepillos. El espejo de la discordia, como lo llamó después. Tal vez habría sentido que el bello objeto era realmente para mí si cuando insinué que me gustaría dejarlo en nuestro dormitorio y usarlo de tocador, Clemente no hubiese dicho —con toda dulzura, como decía siempre las cosas— que aquel no era el lugar apropiado, lo mantendríamos sobre la mesa, junto a la puerta del comedor.

Cuando era niño su abuelo paterno vivía en una regia mansión Tudor (todavía existe) con la cual Clemente soñó durante casi toda su adolescencia. El viejo era millonario en dólares, algo que en ese tiempo en Chile se contaba con los dedos de una mano. Odiaba a la madre de Clemente, la llamaba «la extranjera», y a quien quisiera escucharlo le decía que su hijo podría haberse casado con quien hubiera querido, pero tuvo que elegir a una holandesa desconocida. Cuando murió el padre de Clemente (Clemente tenía diez años) su madre, dura y autorreferida, le prohibió visitar al abuelo. Clemente, que adoraba al viejo, nunca más lo vio, ni a él ni a nadie de esa rama de la familia. Pasó el resto de la niñez encerrado en un sucucho con su madre viuda y resentida contra la sociedad que la había discriminado, soñando con la casa y la forma de vida de su abuelo. Siempre creí que al construir su propia vivienda estaba vengándose inconscientemente de su madre por haberlo extrañado de la mitad de la familia y haberlo exiliado en ese departamento gris y maloliente, impregnado del intenso olor a coliflores cocidas y a trapos mojados que le azotaba las narices cada vez que ponía un pie en el hall de entrada. La mujer parecía determinada a sacarle partido a su desgracia siendo lo más desgraciada posible y dejando que las huellas de su miseria estuvieran a la vista: el espejo del baño quebrado en una esquina, los estropajos resbalosos y fétidos que usaba para amarrar la apolillada cañería del lavaplatos, las cortinas desenganchadas, las paredes con la pintura descascarada; todo ello conspiraba contra cualquier cariño que Clemente pudiera tenerle al lugar desordenado y pobretón donde vivían. Muchos años más tarde, cuando ella lo recriminó por haberse construido una casa tan lujosa y cara, se lo dijo, con otras palabras, claro, pero se lo dijo: «Necesito vivir en armonía con mi sensibilidad, madre». El sello de nuestra casa era la armonía, la luz perfectamente calculada, los espacios amplios, los techos altos, los muros claros. Lo opuesto a un sucucho maloliente. Los cuadros se iluminaban indirectamente con focos especiales que Clemente había hecho colocar en los rincones y cerca de los mismos cuadros. En invierno la chimenea se encendía a las cuatro de la tarde, todos los días, y bajo el resplandor de las llamas la hermosa figura del Buda de mármol blanco parecía retornar a la vida. En los meses del verano flotaba el aroma dulzón de los jazmines. Tras los ventanales se veía el cuidado jardín rodeado de helechos y más atrás se alcanzaba a divisar la huerta, que yo misma había formado cuando todavía era una mujer sin fecha de morir y donde aquella mañana tuve la espeluznante visión de la vieja.

Sé que una no puede alejarse de una enfermedad como ésta, pero quisiera hacer algo que me sacara de este mal, algo que me alejara de mí misma, le dije un día a Clemente mientras estábamos en la terraza mirando caer la tarde. Escribe, respondió él de inmediato, como si fuese algo en lo que hubiera estado pensando. Me sorprendió que se le hubiera ocurrido así, tan a la rápida, una de las pocas cosas que tal vez me habría entusiasmado hacer en ese momento de mi vida, escribir. Yo había escrito algunos cuentos y de niña me contaba a mí misma el cuento de que sería una gran escritora, pero mi impulso no pasaba más allá de creerme mi propia mentira. Nunca he sido una persona disciplinada y he pasado años sin saber lo que quería y sin vivir como hubiera deseado. Quizás ahora que le habían puesto día y hora a mi muerte (y me lo habían contado a mí) había llegado también la hora de escribir, ¿pero cómo hacerlo?

# El cuaderno

Clemente sabía que Clara estaba dándole vueltas a la idea de escribir. Él mismo se lo había sugerido. Una tarde se encontraban tomando un pisco sour en la terraza y Clara dijo que quería hacer algo que la sacara de su mal, algo que la alejara de ella misma; su obsesión con la enfermedad iba a terminar con ella mucho antes que la enfermedad. Necesitaba aire, un escape, poner la mente en otra cosa. Escribe, le propuso él, y a Clara pareció gustarle esa idea.

Una noche escuchó ruidos en el primer piso y se levantó. En la cocina abrió uno de los cajones donde Clara guardaba la linterna y se encontró con un cuaderno que le llamó la atención. En la tapa, escrito con tinta china y letras de molde, decía: Una semana de octubre, y más abajo con letras rojas más pequeñas: Clara Griffin. Era uno de esos cuadernos que se ocupan para llevar la contabilidad en una empresa, un cuaderno grueso con tapas de cartón.

Clemente lo abrió y en la primera página lo asaltó la letra picuda de contornos casi perfectos de Clara. Le dio un vistazo a las páginas y luego se enfrascó en la lectura: «Sólo me di cuenta de la profundidad del silencio en el cuartucho donde nos encontrábamos cuando percibí el aleteo de una mosca atrapada entre la pantalla y la ampolleta de la lámpara...».

«... Me sentía tan responsable de su muerte como a ratos me he sentido de la mía que se avecina. Pero ahora me doy cuenta de que aun cuando este aciago mal sea el preludio de mi propio final, no tuve nada que ver con el desenlace de mi amante».

Clemente sintió un escalofrío cruzándole la espalda, nada lo ponía más nervioso, ni lo hacía sentirse más impotente, ni lo conmovía más que Clara hablando de su enfermedad. En los siete meses que duraba esa pesadilla lo había hecho sólo un par de veces, pero el sonido de sus palabras acongojantes parecía habérsele pegado a las pupilas y cada vez que la miraba a los ojos le parecía volver a escucharlas. Continuó leyendo y a medida que avanzaba en la lectura se encontraba con su nombre, intimidades de su pobre madre... ¿Y de qué se trataría esa historia tan absurda de una mujer meando en la huerta de la casa? No había ninguna huerta en la casa y él jamás había plantado un ciruelo. Tampoco era verdad que todos los objetos de la casa hubieran sido escogidos por él, Clara también había hecho aportes a la decoración de la casa, muchos de los muebles los eligió ella, y le gustaban, o él pensaba que le gustaban; sólo el biombo perteneció a su abuelo. ¿Y eso de una vida «acompasada» y «exacta»? ¡Qué ridiculez tan grande! Efectivamente anotaba en un calendario lo que hacía. No era un diario de vida, sino un registro. También era probable que su puntualidad resultara un poco exagerada, pero de ahí a pensar que le gustaba llevar una vida «acompasada» y «exacta»... Era ordenado y no le parecía que hubiera nada de malo en eso. Las apreturas de su infancia le habían enseñado a cuidar las pocas cosas que tenía. Clara había pasado la niñez junto a un padre derrochador, para quien todo lo que estuviese parado en el mundo era susceptible de ser regalado o jugado al póquer, y tal vez por eso se burlaba de su orden. Además, le molestaba profundamente que describiera el departamento de su madre como un sucucho maloliente con olor a coliflores cocidas y a ella como una mujer dura y autorreferida. Su madre sufrió con el desprecio que su abuelo le demostró desde el comienzo de su noviazgo con su padre y luego a través de todo su matrimonio. El viejo era clasista y avaro. Nunca quiso ayudarla. La culpó de la muerte de su hijo. Se negó a pagar la educación de su nieto, y eso que él era el único nieto que tenía y que tendría, puesto que su padre había sido su único hijo. Viejo de mierda. Y Clara, ¿qué sabía Clara de todo eso? Era cierto que la relación con su madre no fue fácil. Él la quería y la odiaba al mismo tiempo. Amaba esa cosa recta e inamovible que tenía, haberse trazado una meta en la viudez (que él llegara a ser profesional) y caminar hacia ella contra viento y marea, valientemente, empujando lo que hubiera que empujar, pero odiaba la amargura que le producía el esfuerzo de hacerlo. ¡Qué podía saber Clara de todo aquello! Era como si él se pusiera a escribir sobre su padre, a quien tenía completamente idealizado e investido de una serie de cualidades que sólo existían en su imaginación. Por las cosas que le había contado tía Luisa sabía que el padre de Clara tuvo mucho que ver con la depresión de su mujer y alguna responsabilidad en su espantosa muerte, pero Clara jamás quiso reconocerlo. Lo tenía endiosado, creía todas sus mentiras, lo miraba embobada y después de su muerte lo elevó a la categoría de genio. Clemente lo había detestado cordialmente, nunca celebró sus estúpidas e irrelevantes citas de Oscar Wilde, se sentía incómodo cuando llamaba «gallinitas de manjar blanco» a las mujeres treinta años menor que él, y aunque a veces no podía evitar sentirse seducido por su labia y sus chispazos de ingenio (no negaba que sabía ser ingenioso), le costaba soportar su liviandad. Pero jamás se le habría pasado por la cabeza escribir nada sobre su suegro, menos ahora que estaba muerto. Los trapos sucios se lavaban en casa. A medida que iba avanzando en el relato se sentía más perturbado. Que Clara apuntara que no había sido feliz le parecía lo más doloroso. Sabía que no era así, estaba seguro de que no era cierto, ¿pero por qué lo escribía? ¿Se sentiría abrumada por su enfermedad? No podía ser fácil vivir con la muerte al acecho. Tal vez la veía en todas partes. ¿Sería por eso que inventó el episodio de la muerte de ese extraño? Le parecía tanto o más raro que el cuento de la vieja. ¿De qué se trataba todo esto? Un amante. No podía ser. Clara no tenía ningún amante, nunca había tenido amantes, estaba seguro de ello; bueno, casi seguro. No era ese tipo de mujer, y ahora menos. Ahora menos que nunca. ¿Sería que otra vez estaba poniéndole nombre a cualquier desconocido de la calle, esa manía que desarrolló cuando niña?

Apartó el cuaderno y permaneció inmóvil con los ojos cerrados. La enfermedad de Clara lo había afectado más de lo imaginable. Su matrimonio había llegado a un punto en el cual ya no se dan batallas, se hace el amor las veces necesarias para recordarse que siguen formando una pareja y se duerme pegado a la espalda del otro por costumbre o porque aun cuando esa piel no sea tersa ni tan suave como antes y ese cuerpo no te provoque nada tan distinto de lo que te provoca una frazada, sigue siendo el cuerpo de tu mujer y sigue siendo cierto que la amaste. Hacía mucho tiempo que Clemente veía en Clara un poco más que una hermana. No tuvieron hijos, de modo que, en su caso, el silencio que a lo largo de los años se instaló entre ellos no tenía que ver con la partida de los hijos, sino con haberse dicho lo que tenían que decirse y haberse revelado los misterios, con el agotamiento de la curiosidad.

Clemente ya se había acostumbrado a convivir en paz con una rutina un poco chata y aburrida cuando conoció a Eliana. Eran amantes desde hacía siete años. No sabía hacia dónde se encaminaba esa relación ni si estaba realmente enamorado de ella, y la insistencia de Eliana para que se separara lo volvía loco, pero su relación era un incendio, quemaban las sábanas de la cama del departamentito donde se encontraban los lunes, miércoles y viernes de siete a diez. Hacían el amor una, dos, hasta tres veces, y sus cuerpos se transmutaban en choque de estrellas, palabras calientes, y seguían y seguían, casi al borde de la inconsciencia, hasta quedar exhaustos y mojados. Eliana en la cama era la apoteosis del sexo, y Clemente temía que si alguna vez se casaba con ella —no había pensado hacerlo, pero si llegaba ese momento—, aquellas jornadas de transpiración salada irían disminuyendo en intensidad hasta quedar convertidas en un puñado de besos aprendidos de memoria y el acompasado pasar del tiempo que caracteriza a los matrimonios aburridos. Más allá del sexo, Eliana se desdibujaba.

El caso es que no hubo ni habría oportunidad de estar frente a esa disyuntiva. De la noche a la mañana, literalmente hablando, su existencia sufrió un vuelco tan rotundo que algunas mañanas mirándose al espejo veía una cara casi desconocida.

Una noche Clara salió del baño trémula.

—Me está saliendo sangre de un pezón —dijo.

Y luego de esa frase la vida de ambos se alteró para siempre. A la mañana siguiente, a primera hora, fueron a ver al médico y empezó el calvario: se practicaron los exámenes, vino la operación, fue necesario extirpar el pecho, había tres pares de ganglios comprometidos, se necesitaba quimioterapia, Tamoxifén, y de allí en adelante todo se convirtió en pasos sigilosos, medias palabras, miradas de soslayo y el rumor sordo y subterráneo de la muerte.

Clemente devolvió el cuaderno al cajón, se acercó al ventanal de la cocina y encendió un cigarrillo. La llama del encendedor iluminó por un instante su rostro, que parecía el de un hombre mucho más joven de los cincuenta años que tenía. Sus facciones eran finas, casi femeninas. El caballete apenas insinuado de la nariz y un surco que cruzaba su frente constituían sus rasgos más pronunciados, quizá los más varoniles. Pegó la nariz al grueso cristal y dejó que su vista vagara por el jardín. Era una de esas noches cerradas en que el nogal desaparecía entre las sombras. Una creciente inquietud se apoderó de su ánimo. Clara no sabía de la existencia de Eliana, estaba casi seguro, ¿o sabía? De pronto, los siete años de su relación con Eliana se le vinieron encima con su pesada carga de culpabilidad. La idea de que Clara podía morir lo torturaba. Necesitaba que se mejorara para saldar esa cuenta con ella. Cinco años. No pedía más. No podía dejarla partir sin antes haberla compensado, o mejor dicho, no podía dejarla partir y quedarse él con un sentimiento de culpa tan atroz que no le permitiría vivir tranquilo. Esa mañana antes de irse a la oficina pasó por la clínica para hablar con los médicos. Quería escucharles decir que era posible estirarle la vida cinco años, pero los doctores lo agobiaron con su lenguaje militar, sus palabras de guerra, esa lengua tenebrosa con que empiezan a matar a los pacientes y a los parientes de los pacientes antes que la enfermedad. El tumor de Clara había «invadido» una parte del pulmón y se encontraron otras células del mismo tipo «colonizando» diversos rincones de su cuerpo, las «defensas» de su organismo eran escasas y aunque la incursión había sido «radical» y el «reconocimiento» del terreno lo más amplio que permitía la ciencia, «la invasión tumoral» continuaría extendiéndose y «ganando batallas». ¿De qué estamos hablando?, quiso saber Clemente, y entonces uno de los médicos le habló en castellano y le dijo la verdad.

A Clara le quedaban, a lo más, ocho meses de vida, pero él no pensaba decírselo y le prohibió a los médicos hacerlo. Clara creía que su enfermedad estaba controlada y había que dejarla pensar eso hasta que ya no fuese posible continuar engañándola. Para septiembre podría estar muerta. Clemente se estremeció. Casi automáticamente abrió el cajón donde se encontraba el cuaderno y lo sacó para buscar el párrafo que volvió a leer: «Aquello fue el anuncio de la muerte de mi amante, pero, claro, en ese momento no había forma de que lo supiera porque mi amante no existía. Es decir, existía para mucha gente, no para mí...». Vale decir que si fuera cierto lo del amante, cosa muy improbable, Clara tendría que haberlo conocido hacía unos cuatro meses, ¿y en esos cuatro meses se conocieron, se metieron a la cama y él había muerto y todo ello había ocurrido en medio de la enfermedad de Clara? Imposible, pensó maravillado ante la imaginación de su mujer.

# Dos rostros en la escalera

La llegada de este mal es como la de un enemigo omnipotente que ocupa todos los espacios de tu familia, tanto los físicos como los espirituales, un pulpo negro de carnes prietas cuyos tentáculos se adueñan de cada rincón de la existencia; pero así y todo, invadida, la vida sigue su curso. Aquel sábado Clemente había invitado a un grupo de personas para celebrar el cierre de un negocio, un edificio que construirían en Viña del Mar, y dos de los invitados eran amigos de su socio Alberto. A uno de ellos, un tal Leonel Hyde, lo había visto sólo un par de veces, pero como era un conocido de Alberto y estaba interesado en comprar dos departamentos, lo invitó a la cena.

—Me da no sé qué pedirte que nos acompañes a comer, Clara, pero creo que te haría bien, te distraería.

Esas comidas de negocios me aburrían mortalmente y en aquella oportunidad le pedí a tía Luisa que asistiera. Tía Luisa, la única hermana de mi padre, era una mujer culta y entretenida que siempre tenía alguna observación ingeniosa que hacer sobre las cosas. Me encantaba tomar palco ante el desconcierto de la gente con la fina irreverencia de esta vieja progresista exponiendo sus ideas sartrianas que escandalizaban a medio mundo.

Pero la visión de la muerte me distrajo de la cena de esa noche. Mal que mal yo estaba metida en una historia honda e inquietante. La muerte nunca aparece en vano, porque le sobre tiempo o por si acaso. Ese no ha sido jamás su estilo. Cuando llega, invariablemente algo cambia, se altera, se convierte en otra cosa, se metamorfosea. En ese mismo momento mi abuelo, por ejemplo, era menor que yo; tenía cuarenta y dos años cuando murió y yo ya había cumplido cuarenta y seis. Sólo la muerte es capaz de lograr semejantes mutaciones. Tía Luisa guardaba las cenizas de su marido en un copón sellado que mantenía sobre la cómoda de su pieza. Había sido un hombre corpulento, de manos grandes, que exudaba pasión por la vida, amaba viajar, amaba los libros (era médico, pero bien podría haber sido un marinero griego o un escritor como Hemingway, a quien se parecía); sólo la muerte pudo lograr que aquel hombrón de ojos brillantes y corazón generoso quedara circunscrito a las cóncavas paredes de un copón que cabía en la mano de tía Luisa.

En un libro de Paul Auster había leído una historia que me persiguió en sueños durante varias noches: en algún lugar de los Alpes franceses había desaparecido un hombre que estaba esquiando. Fue tragado por una avalancha y nunca se encontró su cuerpo. Muchos años después su hijo fue a esquiar al mismo sitio y encontró un cadáver intacto con los ojos abiertos mirando al cielo.

Como si todavía estuviera viendo pasar a un pájaro. El hombre se detuvo a examinarlo y al verlo tuvo la aterradora impresión de que se estaba mirando a sí mismo. Era su padre. Inspeccionó atentamente ese rostro y al darse cuenta de que era menor que él sintió una punzada en el corazón.

Con esos pensamiento revoloteando por mi cabeza subí a mi dormitorio. Necesitaba ducharme. Antes de llegar arriba me detuve frente al retrato de mi madre y noté algo distinto en sus ojos mal pintados medio verdes (lo que recordaba era que los tenía completamente azules). Parecía mirarme de otra forma, como si estuviera al tanto de lo que acababa de ocurrirme en la huerta. Ahora pienso que debo haber estado un poco loca, pero lo cierto es que escuché (creí escuchar) su voz desde la tela, una voz acompasada y clara:

«Ten cuidado con esa vieja, pretende engañarte haciéndote creer que ella eres tú misma, pero no es verdad. Domina todos los trucos. Mañana puede aparecer bajo tu ventana emitiendo sonidos fúnebres mientras se peina los cabellos grises hasta el suelo, como la *banshee* de Irlanda. No le hagas caso, no te dejes dominar por el pánico que pretende infundirte. Escapa, Clara, escapa porque todavía estás a tiempo, vete lejos de ella, que no te alcancen sus garras. No es verdad que no es posible burlarla. Siempre es posible, sólo hay que saber cómo».

Enseguida volví a la realidad. Esas palabras imaginarias puestas en boca de mi madre eran completamente absurdas. Mi madre jamás habría dicho algo semejante. Ella misma no había hecho nada para burlar a la muerte.

De cierta manera hasta la había invitado. Se había dejado morir o, mejor dicho, siempre estuvo muriendo un poco. La recordaba junto a la ventana de su cuarto mirando al frente, larga y pálida, como esperando un tren. Nunca quedó claro de qué padecía exactamente, o quedó claro desde el comienzo y a mí nadie me dijo la verdad, lo que era bastante probable (me hablaron de una enfermedad que consistía en estar siempre cansada y no tener ganas de vivir).

Un poco más arriba se hallaba la foto en blanco y negro de mi abuela a sus setenta años en el jardín de la casa de Molco. La serenidad que no me producía el retrato de mi madre me la producía esta foto algo borrosa de mi abuela que hablaba con los muertos y bailaba *El lago de los cisnes* en el salón de la vieja casa.

Algunas cosas de esa época de mi vida en el campo se han borrado, o yo misma he hecho esfuerzos por borrarlas porque la memoria de mi madre deprimida y desinteresada siempre me ha hecho mal. Por ejemplo, se me ha borrado el timbre de su voz, no sé si tenía risa, no recuerdo casi nada del entorno en el cual se movía, ni cómo era su cuarto, ni qué muebles había en esa pieza. Tampoco me acuerdo de su ropa. Mi padre me contaba que andaba siempre vestida de gris y de largo, pero cuando la evoco sólo veo su figura desdibujada frente a la ventana y su cara blanca. A la hora de evocar a mi madre mi memoria es borrosa. No obstante, recuerdo con asombrosa nitidez a mi abuela y la noche en que murió. No estaba enferma de nada, pero había caído en esa desesperanza sin remedio que le entra a una madre después de enterrar a su hija. Llevaba un par de días sin comer y aquella mañana anunció que tampoco tomaría agua. Era su manera de avisar que no tenía ganas de seguir viviendo. Ese día, después de almuerzo entré en su cuarto y la encontré en su amplia cama de bronce apoyada en dos almohadones blancos esperando que la muerte llegara a buscarla.

—Todavía no viene —dijo al verme, y se miró las manos como si allí estuviera escrita la hora en que llegaría. Luego, cerró los ojos.

Me senté en la silla que había junto a la ventana y aguardé. Un rumor de huesos recorría el cuarto.

—La muerte es un asunto solitario —dijo de pronto, y entonces comprendí que prefería que me fuera.

Esa noche desperté sobresaltada. Había soñado con ella. En el sueño se hacía humo y desaparecía de la misma cama donde la había visto aquella tarde, dejando la habitación envuelta en olor a polvos de talco y tierra. Me levanté y me dirigí a su pieza como sonámbula. Al llegar a la puerta presioné la oreja contra la madera y escuché. Silencio.

Entré.

La vieja yacía en su cama con la cabeza ladeada. Había una extraña quietud en el aire. Sus ojos abiertos estaban fijos en la pared. Tenía las manos cruzadas en el vientre, el cabello despeinado y la boca, de labios finos, apretada como si hubiera comido un limón.

La enterramos al día siguiente en el cementerio de la ladera del Trauco, por el lado del viento y la fumarola del volcán. Cuando Alamiro y Gilberto bajaron el cajón tuve la sensación que acababa de tener en la huerta, un espíritu distinto se había posesionado de las cosas. Era la muerte quien andaba revisando el mundo, a ver cómo había quedado todo después de su pasada, o mi abuela quien me decía: «Aún no me desprendo».

Bajé dos escalones y volví a observar detenidamente el rostro de mi madre. Algo querían soplarme desde allá. ¿No dicen que las mujeres formamos parte de una cadena y lo que le pasa a la abuela le pasa a la hija y le pasa a la nieta? ¿Dónde había leído eso? Sentí que se me helaba la frente. ¿Querría decir que iba a morir ese día y Clemente regresaría a las siete de Viña del Mar (tal como habíamos quedado, ya que él se encargaría de preparar la salsa para el cóctel de langostinos), subiría al segundo piso avisando, como hacía siempre, ¡Clara, ya llegué!, y me encontraría echada como un bulto sobre la cama y me remecería, y yo, en lugar de despertar, caería al suelo como un saco de papas. Sólo entonces se daría cuenta de que algo grave me sucedía, todavía sin pensar, ni remotamente, que era lo más grave de todo, y se pondría a remecerme con más fuerza. ¡Clara, qué te pasa. Clara, háblame, dime algo, abre los ojos! Y yo, nada. ¿Qué podría contestarle si estaba muerta?

Completamente turbada por esta catarata de pensamientos lúgubres aparté los ojos del rostro de mi madre, sintiéndome enrabiada con ella por haberse dado el lujo de invitar a la muerte, como si no tuviera nada importante que hacer en este mundo. Subí a saltos los cuatro escalones que faltaban para alcanzar el segundo piso y me abalancé sobre el teléfono.

La voz de tía Luisa me devolvió el alma al cuerpo.

—¿Crees que la muerte avisa antes de venir a buscarte? —pregunté de sopetón.

—¿Qué? ¿Estás bien? Te siento la voz como si hubieras corrido el maratón de Nueva York. Pensaba llamarte. No creo que pueda ir esta noche, me han dolido mucho las piernas, no me he sentido bien, es que estoy demasiado vieja, a mis años una debiera estar hace mucho tiempo en otra parte; pero no quiero aburrirte con mis achaques. ¿Qué pasa con la muerte?

—Tuve una visión espantosa, algo como un sueño, no sé bien lo que fue. Trabajaba en la huerta y de repente vi a una vieja meando junto al ciruelo.

Luego, le conté con detalles lo que me había ocurrido.

—Son imaginaciones tuyas, la muerte está ocupada de cosas mucho más importantes que andar meando debajo de los ciruelos y asustando a las mujeres jóvenes y bonitas como tú —dijo tía Luisa, largando una risotada poco franca; desde que se descubrió mi enfermedad la sola palabra muerte le enredaba la lengua—. ¿Y cómo crees que se llamaba la vieja? —preguntó enseguida, burlándose de mi manía de ponerle nombre a la gente en la calle.

Pero yo no estaba para bromas. Así que no vas a venir esta noche, recuerdo haberle dicho, más para cambiar de tema y tranquilizarme que porque me importara que no pudiera asistir. Luego de la visita de la vieja, la cena de la noche había pasado a segundo plano y yo estaba a miles de leguas de suponer, siquiera, que pocas horas más tarde esa misma cena se convertiría en una línea que iba a dividir lo que me quedaba de vida en dos: antes y después de aquella comida del sábado 9 de octubre, antes y después de la muerte de Leonel. En el momento de mi conversación con tía Luisa, Leonel no existía. Una semana más tarde estaría a mi lado, en la cama matrimonial del departamentito de Almarza, muerto. En una mínima partícula de tiempo todo puede alterarse de la manera más brutal. Puede ser un infarto que te deja mirando al infinito o un hombre al que no has visto nunca viene viajando en un avión desde cualquier lugar del mundo y mañana, incluso antes que mañana, estará atornillado en tu vida hasta el final. Cualquier cosa que se mueve en una parte produce un cambio en otro lugar. Si aquel sábado yo no hubiese decidido ir al mercado caminando, sino en auto (como hacía casi siempre), y si no me hubiera cansado después de andar las quince cuadras y no hubiera pasado al café para descansar un rato...

# El cuaderno

Clemente pasó dos semanas sin atreverse a mirar el cuaderno. Sentía que no tenía derecho de entrometerse en la vida privada de su mujer. Si Clara no le había mostrado esos papeles significaba que no quería que él los viera. La idea de que aquello fuese una especie de diario de vida que nunca vería la luz pública lo tranquilizó.

Un día fue al hospital Salvador a visitar a uno de sus obreros, que había sufrido una trombosis. El recinto parecía vacío. Eliana trabajaba en el servicio de cardiología, pero tampoco la encontró. No se veía una enfermera por ninguna parte, como si el personal estuviese en huelga. No había nadie a quien preguntarle por la sala del enfermo. Clemente entró en una pieza creyendo que podía ser la de su obrero. No lo era. Se trataba de una habitación espaciosa donde había una sola cama en la que yacía una mujer de edad indefinida. Se veía débil y afiebrada. Miraba al infinito con un par de ojos brillantes rodeados de aureolas negras. Parecía a punto de desaparecer. Entre sus manos agarrotadas sostenía un crucifijo de madera.

Al ver a Clemente le clavó una mirada suplicante que podía querer decir, indistintamente, que se marchara de allí porque no tenía derecho de observar sus últimas miserias o que, por favor, no la abandonara. De pronto se dio vuelta hacia la pared y Clemente la escuchó hablar con alguien. Colgado junto a la cama había un espejito y un rostro que no era el de la enferma estaba reflejado en el vidrio. Clemente quedó estupefacto. La mujer estaba hablando con un fantasma. Salió de allí como si le hubieran crecido alas en los pies y una vez en la calle se sentó en un banco.

La imagen de la mujer agonizando lo persiguió durante toda la tarde. Y esa noche, mientras Clara dormía y a pesar de no gustarle lo que estaba a punto de hacer, bajó a la cocina y abrió el cajón donde dos semanas antes estaba el cuaderno. El cuaderno se hallaba donde mismo y Clara había escrito unas cuantas páginas más.

Pobre Clara, pensó leyendo la descripción de su mal como un pulpo de carnes prietas cuyos tentáculos se adueñaban de cada rincón de la existencia. Esta maldita enfermedad le está devorando el alma, se dijo, sintiendo un ramalazo de impotencia. Y a mí me está devorando con ella. Él, que siempre había creído que el amor debía ser algo móvil, que no existía tal cosa como un afecto estacionario, el amor tenía que moverse para algún lado, para arriba o para abajo, pero moverse. Él, que había justificado su relación con Eliana, porque si el amor dejaba de crecer, inmediatamente comenzaba a declinar y un amor en declive justificaba la búsqueda de otro. ¡Qué cantidad de patrañas! Daría cualquier cosa por retener a

Clara a su lado, seguir durmiendo pegado a su espalda sin tersura ni dureza, pero la suya, volver a sentir sus muslos conocidos y sus cabellos desordenados haciéndole cosquillas en el mentón, escucharla cepillándose los dientes frente al lavatorio, tres veces para arriba y para abajo, tres veces para el lado; daría cualquier cosa por devolver la vida a como era antes de la enfermedad. La pasión podría haber muerto hacía años y había muerto, Clemente lo sabía, pero Clara era su mujer y seguía siendo cierto que él la quería.

Al terminar el capítulo se devolvió y leyó de nuevo el último párrafo, sintiendo un líquido ácido y caliente en el esófago. «En el momento de mi conversación con tía Luisa, Leonel no existía. Una semana después estaría a mi lado, en la cama matrimonial del departamentito de Almarza, muerto». ¿Qué podía significar aquello? ¿Estaría refiriéndose a Leonel Hyde, el conocido de Alberto que cenó en su casa hacía unos cuantos meses? ¿Cuándo había sido esa cena? Creía recordar que había ocurrido en algún momento a finales de septiembre, después del Dieciocho, de eso estaba seguro, pues el Dieciocho hicieron una ramada en el sitio eriazo donde se levantaría el edificio, y fue allí donde vio por segunda vez a Leonel Hyde y lo invitó a cenar con Alberto y los otros. La cena en su casa fue después de esa fecha. En todo caso, podría revisar su calendario del año pasado. Allí estaría anotada. ¿Y Almarza? ¡No podía tratarse del senador! Aquello era completamente tirado de las mechas. Aunque Clemente recordaba perfectamente bien que durante la cena, en algún momento, Hyde se refirió a su amistad con el senador, incluso dijo que eran socios en la exportadora de frutas Santa Elena. Y Clara había escrito: «Una semana más tarde estaría a mi lado, en la cama matrimonial del departamentito de Almarza, muerto». Clemente leyó tres veces el párrafo, cerró el cuaderno de golpe y resolvió hablar con Clara; pero si lo hacía, Clara no sólo se indignaría con él, sino que escondería los papeles, y entonces, empujado por una fuerza que no quería reconocer como propia, tomó la decisión de quedarse callado. Guardó el cuaderno donde mismo lo había encontrado y regresó a su cuarto.

Clara continuaba durmiendo. Últimamente había pasado mejor las noches, menos inquieta, ya no despertaba gritando como había venido haciendo los últimos tres meses. Pero estaba perdiendo peso. Se veía más delgada y su piel se había teñido de ese color gris del cáncer. Clemente le ordenó la sábana y permaneció un rato de pie junto a la cama.

Después bajó al escritorio y se encerró a fumar.

# El túnel

Ese día transcurrió en medio de una gran zozobra. La visión de la vieja me había dejado con una sensación inconfortable. Yo acarreaba a la muerte en mis entrañas y con eso me bastaba. Lo último que necesitaba era tener visiones con ella. La muerte no es algo que una quiera sumar, sino restar.

Recuerdo cada cosa que hice en el curso de esa tarde entre el momento en que regresé del mercado con las bolsas y el momento en que Leonel Hyde tocó el timbre. Me acuerdo de mi sueño a la hora de la siesta, de la carta de Amanda que Justina me entregó a la vuelta del mercado, de mi llanto en la ducha, de haber sacado el vestido negro y luego decidir que nunca más volvería a vestirme de negro y ponerme, en cambio, el verde con lunares blancos.

Después de la muerte de Leonel he vuelto a repasar una y otra vez lo que hice y casi todos los pensamientos que cruzaron por mi mente hasta esa noche a las nueve, cuando sonó el timbre y Clemente dijo: «Debe ser Leonel Hyde, avisó que llegaría antes que los demás, viene de

Punta Arenas». En ese momento no le presté atención y apenas oí lo que había dicho; ahora, sus palabras vuelven a mis oídos con dolorosa nitidez.

En la mañana fui al mercado. Decidí ir caminando. Caminar me calma, se me ordenan los pensamientos. El mercado quedaba a unas veinte cuadras de nuestra casa. A la vuelta tomaría un taxi con las bolsas. Me eché a andar como una autómata. Al poco rato me detuve presa de la inquietud que no me abandonaba. Casi podía palpar la ansiedad y el nerviosismo apoderándose de mí. Era un malestar anímico, pero su expresión era física. Me molestaba el cuerpo, sentía la necesidad de estirar las piernas hasta descoyuntarlas, estirar los brazos hasta dislocarlos y apartarlos de los hombros. Era una sensación rara, nunca antes me había sentido así.

Me senté en un banco que había frente a la verdulería de la esquina de Carmen Silva con El Bosque y traté de identificar las causas de mi malestar. No era tan difícil reconocerlas: el mal que me paralizaba y me hacía aborrecerme me había llenado de terror a la muerte. Yo no era una mujer religiosa y las veces que me sorprendía pensando en Dios me asombraba descubrir que no me producía inquietud ni temor saber que ese personaje castigador y vengativo hecho a la medida de los hombres para dar sentido a la vida humana, el Dios de las religiones, no tenía ninguna significación para mí. En cualquier caso, me hubiera gustado morir creyendo que después de esta vida viene la revelación del misterio.

A los quince años leí en un libro de Koestler que si alguien con una súper fuerza disparaba una súper flecha

al infinito, la flecha viajaría más allá de la fuerza de grave-
dad de la Tierra, más allá de la Luna, más allá de la atrac-
ción interestelar, y luego pasaría otros soles, otras galaxias, cruzaría las Vías Lácteas, las Vías Melosas, las Vías
Ácidas, y dejaría atrás la nebulosa espiral, y entonces vendrían más galaxias y no habría nada que la detuviera, ningún límite ni fin, y continuaría su viaje interminable por el
espacio y el tiempo. Se trataba de un viaje tan sideral que
nuestra pobre mente humana no podía comprenderlo.

La idea de esa flecha me persiguió durante muchos
días y algunas noches salía al jardín de la casa y miraba al
cielo preguntándome dónde quedaría el alma después de
ese viaje a la inmensidad sin memoria ni tiempo.

Ahora me veía a mí misma convertida en esa flecha
y eso me angustiaba. Pensar que tal viaje era posible y
que yo no estaba tan lejos de emprenderlo, y una vez lanzada al otro espacio me esfumaría de mi propia memoria
y de la memoria de los otros. Porque Clemente me olvidaría, tía Luisa me olvidaría, Amanda me olvidaría y yo
perdería contacto de una manera tan honda e insalvable
con ellos que sería como si nunca hubiese existido. Así
no más era el cuento. El desierto que se extendía ante mis
ojos era la única realidad, no podía contar con nada más.
Había llegado al límite. Un paso más allá se encontraba
el misterio de la muerte.

El caso es que me hallé sumida en los pensamientos
más negros que recuerdo haber tenido, y me vi en un túnel
oscuro y lleno de curvas que impedían ver luz al final.
Mi enfermedad pasó por ese túnel, la muerte de mi madre
joven pasó por ese túnel. Clemente y nuestro matrimonio

pasaron por ese túnel. El matrimonio es la forma más difícil de vivir con otra persona. Hace desaparecer los enigmas de la relación, junta lo que tal vez no debiera juntarse nunca, se comparten cosas que no debieran compartirse, va enmudeciendo sutilmente a los cónyuges porque las palabras van perdiendo su antiguo brillo, lo que antes parecía una idea original termina pareciendo una idea mil veces repetida, archisabida, vieja; con el paso de los años las personas comienzan a no verse y ya no se molestan, pero tampoco se provocan furias, ni pasiones, ni hay por qué reconciliarse. No más despedidas al lado afuera de la puerta, ni partidas al alba, ni besos furtivos en las escaleras. No más calles por las cuales devolverse en la noche soñando. Del matrimonio en adelante los besos se hacen cada vez más conocidos y menos húmedos y lo que viene después de la noche es más de lo mismo de ayer, se termina el amor loco, romántico, mágico, y empieza la rutina del papel del baño y el pago de las cuentas, ay, y se hace el amor pensando qué comprar para el almuerzo de mañana porque al marido le subió el colesterol y no come tal cosa y tal otra le hace mal. Sentí una especie de pánico ante el repaso de esas calamidades que yo misma había experimentado en mi matrimonio, no tan distinto de los otros. Clemente Balmaceda era un hombre rutinario y ordenado, un arquitecto concienzudo y metódico sin imaginación ni vuelo, un coleccionista de antigüedades experto en arte sin talento artístico propio, un hombre predecible, cariñoso y aburrido, muy solícito conmigo, no lo negaba, pero aburrido. En otras palabras, era lo que todo el mundo entiende por una buena persona. Sin embargo, y esto lo afirmaba casi con solemnidad, después de veinticinco años viviendo juntos, después de algunas jornadas muy tediosas en donde no sabía qué hacer para resistir la lentitud de la rutina, la habitualidad de cada día igual al otro, después de todo lo que había significado la cotidianeidad junto a Clemente, Clemente con sus defectos y aun con la existencia de Eliana, su amante desde hacía seis años, era irreemplazable, inamovible. Siempre lo había sido y lo sería hasta el final de mis días. Nunca dejaría de gustarme meterme a la cama y tocar sus pies. Hacía mucho tiempo que había dejado de estar enamorada de él. No sé si alguna vez lo estuve realmente, pero eso no fue lo importante. Siempre hay uno que obliga al otro a quererlo, y en nuestro caso fui yo quien primero besó a Clemente en los labios, una semana después de conocernos en la casa de Amanda, pero fue él quien me obligó a quererlo. Yo di el primer paso en un camino que él se encargó de hacerme andar sin que me diera cuenta de que existía la opción de arrepentirme. Y como a ratos yo también lo quería y en ese momento de mi vida necesitaba un piso firme, una familia, una casa normal, vivir con una persona que entendiera, como entiende casi toda la humanidad, que las noches son un momento para dormir... Amaba profundamente a mi padre, pero mi padre no servía para ser la familia de nadie y nuestra casa era un caos permanente. En nuestra casa se cantaba, mi padre tocaba la guitarra y entonaba la última canción romántica que había compuesto para alguna mujer, otras veces recitaba en inglés *I dreamt that I dwelt in marble halls*, el aria de su ópera favorita, se contaban historias de fantasmas hasta que la noche terminaba —a mi padre le encantaban—, se comentaban los resultados de las carreras de caballos y mi padre entraba en una especie de exaltación mística cuando ganaba su *Rosa de Luxemburgo*. Siempre había gente que entraba y salía, iban sus amigos, mujeres bonitas que él invitaba casi a diario, se jugaba a la mímica y a las prendas y al póquer los domingos. Pero nadie se preocupaba de que podrían cortarnos la luz o de comprar el pan ni de regar el pasto.

A veces no es lo más importante querer a las personas, sino el servicio que las personas prestan a la serenidad de espíritu y la verdad es que yo no habría sabido qué hacer si Clemente no hubiera existido en mi vida. Se me habría desparramado el alma. Muchas veces me sorprendí pensando que él debía saber que la pasión no era un motor en mi caso, y en cierta forma ese pensamiento me tranquilizaba, alivianaba mi conciencia. En un matrimonio puede simularse casi todo, pero la falta de pasión es algo que se reconoce en las pupilas, en el tono de la voz, en la manera de moverte, se ve en cada gesto, en cada cosa que dices y haces. Clemente debió haberlo visto en algunos de mis gestos, en mis silencios.

Hace unos años estuvimos en Londres y alojamos en el hotel Plaza, frente a Hyde Park. Recuerdo que salimos una mañana a caminar. Nos fuimos por el costado del parque hacia la calle Oxford, llegamos a la calle Bond, bajamos por Old Bond y Regent hasta Picadilly Circus. Yo iba pensando en un artículo de Valentine Low, que había leído la tarde anterior en el *Evening Standard*, sobre la compleja relación entre los ingleses y los norteamericanos («Estados Unidos es un país extranjero y no nos entenderemos mientras vivamos»), y en ese momento un bus de dos pisos iba a aplastarnos si no nos corríamos de un salto (el maldito tráfico al revés). Clemente me estrechó contra su cuerpo y nos quedamos así un rato. Ahora que lo pienso debemos habernos visto sumamente ridículos abrazados en medio de la calle. Si alguien nos vio debe haber pensado que escogimos un insólito lugar para reconciliarnos. Luego, nos soltamos y ya en la vereda Clemente me tomó de la mano y me preguntó: ¿me quieres? No supe qué decirle. Me pilló de sorpresa. Claro que te quiero, respondí, y él me miró con un dejo de tristeza. Tomamos un metro a Embarkment y nos metimos al Parlamento. Sáquese el sombrero, sir, está en el palacio, le dijo el guardia a Clemente. Le había dado por calarse un jockey estilo duque de Windsor que compró en Harrod's. Recorrimos el palacio, «la fábrica de los pedos», lo llamó un poco más tarde, esa misma mañana, el botero que nos llevó por el Támesis hasta la Torre de Londres. Hacia las doce entramos al Red Lyon de White Hall y pedimos pescado frito. Qué bueno, dijo Clemente de repente y a propósito de nada. Cuando le pregunté qué bueno qué, contestó: qué bueno que me quieras. Es decir, se había quedado pensando en ello durante las tres horas que transcurrieron desde que nos abrazamos en medio de la calle hasta ese minuto. No le dije nada, qué iba a decirle, pero el asunto me quedó dando vueltas y muchas veces me he preguntado si se debe seguir atada a un hombre a quien no se ama apasionadamente.

Siempre he admirado la fuerza que tuvo mi padre para superar los problemas de mi madre y hacer su vida a pesar de su depresión y luego de su temprana muerte. Yo le reprochaba ser tan alocado e insensato, pero no podía dejar de admirar esa garra para vivir que tenía, su desprecio por cualquier cosa semejante a la formalidad y su juventud a pesar de los años que iba cumpliendo, todas cualidades estupendas para adornar a un personaje de novela y fatales para la crianza de una niña miedosa e insegura como yo. Cuando decidí salir con Clemente, después de aquella conversación en el jardín de la casa de Amanda, estaba escogiendo el lado seguro de las cosas. Aquel joven correcto y bien educado, a punto de recibirse de arquitecto, me parecía lo opuesto a lo que había visto en la casa de mi padre. Yo quería vivir en forma apropiada y lo apropiado era tener una familia normal, un comedor a cuya mesa se sentaran el papá, la mamá y los hijos, una casa ordenada, horarios que se ajustaran a los horarios del resto de la gente. Mi padre cenaba a las doce de la noche porque no le gustaba dormir, «para dormir tengo toda la muerte», declaraba.

Después, desde la ordenada rutina de mi vida de casada, eché de menos sus historias frente a la chimenea hasta las tres de la mañana, eché de menos las mentiras que les decía a sus múltiples acreedores, su perfil dibujado contra las llamas, su mentón salido, sus mejillas abultadas, su nariz huesuda como pico de halcón, una nariz enorme que de niña yo miraba fascinada, como si tuviera música. Eché de menos el día en que llegó un poco más borracho que de costumbre y me contó que se había enamorado de una escritora veinte años mayor y me la quería presentar, «es embrujadora, culta, inteligente, una diosa del amor y la literatura; lo único malo es que feminista», decía a borbotones y sin que la trabazón de su lengua opacara su entusiasmo, y a mí me parecía imposible que mi padre estuviese enamorado de una mujer tanto mayor (él, que andaba a la siga de jóvenes bellas, le daba lo mismo que fueran tontas como una puerta), y aún más improbable que una feminista se hubiese enamorado de semejante mamarracho, pero las cosas de mi padre siempre pasaban por la improcedencia y la contradicción. Apenas recuerdo su rostro de poco antes de morir. Su cara se ha ido evaporando pese a mis esfuerzos por retenerla. El rostro que veo a diario en la foto sobre mi cómoda, el de sus sesenta años, me parece el de alguien casi desconocido, no es su cara del final, y su cara del final, de la que no tengo ninguna foto, se me ha olvidado. Pero tengo pegado a la nariz de mi memoria su olor a tango, a colonia de conquistador, a gomina cara.

Escapando de la inseguridad que me producía este personaje y envuelta en mis propias contradicciones escogí el piso firme que me ofrecía el matrimonio y llegué a él con una mezcla de expectación e ilusión, que duró algunos años y luego se fue esfumando hasta quedar convertido en un sentimiento que hasta el día de hoy no sé bien cómo expresar. Sólo sé que el único ser humano frente al cual no me da vergüenza morirme es Clemente.

# El cuaderno

Cayó una noche transparente y tibia. Pleno verano en Santiago sin gente. En esta casa nunca hay ruidos, nunca se mueve nada, nunca grita nadie ni se escuchan carcajadas. Clara tiene razón, es un lugar desangelado que se ha ido poniendo cada vez más triste, pensó Clemente, inquieto.

Clara se había quedado dormida. Parecía estar soñando. Movía los labios como si rezara y revolvía los ojos tras los párpados cerrados. De vez en cuando agitaba las manos como si estuviera espantándose moscas.

Clemente permaneció un rato observándola y después abandonó el cuarto y bajó al primer piso. Había puesto una pequeña marca en la página del cuaderno donde dejó la lectura la vez anterior. «... y luego pasaría otros soles, otras galaxias, cruzaría las Vías Lácteas, las Vías Melosas, las Vías Ácidas, y dejaría atrás la nebulosa espiral, y entonces vendrían más galaxias y no habría nada que la detuviera, ningún límite ni fin y continuaría su viaje interminable por el espacio y el tiempo...».

Cuántas veces caminando por una calle cualquiera o conduciendo su auto hacia Viña del Mar le había vuelto a la memoria ese párrafo de la súper flecha que Clara leyó en un libro de Arthur Koestler y luego se lo leyó en voz alta a él. Fue una noche que alojaron en Constitución, a la vuelta de Molco. A pesar de que él nunca tuvo una relación muy particular con la idea de la muerte; mejor dicho, ninguna relación con la muerte, cuyo tema intentaba esquivar siempre que podía porque lo ponía terriblemente nervioso, esa idea de la inmensidad con que se enfrentaría una súper flecha lanzada al espacio lo había impresionado. No le gustaba pensar en ello, no era muy amigo de enredarse en dudas filosóficas, pero sí era para volverse loco reflexionando, ¿qué pasaba después?, ¿adónde se iba uno? De niño se torturaba pensando que la realidad era virtual, que el nombre Clemente no existía más que en su imaginación, él mismo no existía más que en su imaginación, nada era cierto. De adulto cerró las puertas a toda duda metafísica.

Apartó el cuaderno y evocó aquel viaje a Molco, lo que quedaba de Molco, la tumba de mi infancia, como dijo Clara. Aquella fue la única vez que fueron juntos y era la primera vez que Clara volvía desde que el fundo fue expropiado en 1968. La casa estaba abandonada desde entonces y presentaba un aspecto deplorable: las paredes descascaradas, las tablas del piso levantadas, algunas vigas se habían caído, varias tejas se hallaban descorridas, matas de yuyos y otras malezas silvestres crecían en todas partes y asomaban por las rendijas de las tablas, había cagadas de perros en las piezas y por el patio de las hortensias se paseaba una gallina castellana, la única gallina que quedaba en ese mundo de pinos y caminos de tierra colorada. Aquí dormía mi abuela, esta era la pieza de la campana, esta otra la de las guaguas moras, en esa loma que se alcanza a ver allá, ¿la ves?, ahí vivía Enedina. Clara le enseñaba el mundo de su niñez con los ojos brillantes de emoción. Una parte de ella había quedado enterrada en esas tierras donde vivió hasta poco después del suicidio de su madre, y bien enterrada, pues nunca hablaba de aquel tiempo. Alguna vez voy a escribirlo, solía decir, pero Clara amenazaba con escribir las cosas y después no lo hacía. Bueno, ahora lo estaba haciendo, suspiró Clemente, mirando con aprensión el cuaderno.

Esa vez anduvieron toda la tarde merodeando por los alrededores de la casa. Clara recuperaba los olores y los sonidos de antes buscando los eucaliptos que los expropiadores habían cortado para convertir en leña y los potreros que habían sido tragados por la invasión de pinos. Insistió en que subieran al alto de las Luciérnagas. Quería ver desde arriba la tierra que había rememorado esos años.

—Durante toda mi ausencia he soñado con la vista del camino que bajaba hacia la era, el claro en el bosque y el ciprés donde se colgó Enedina; luego, la quebrada y a la derecha la casa de Adela, y más allá la ciénaga, y más allá la cumbre del Trauco, y todavía más allá una franja gris que seguía hasta el infinito.

Clemente la escuchaba impresionado. No sabía que ese lugar fuese tan importante para ella, ni que lo recordara con tanta precisión. Pero había demasiadas cosas de Clara que no sabía.

Cuando llegaron a la cima y Clara empujó la vista a todo lo largo y ancho de la tierra lanzó un grito.

—Este no es lugar que recuerdo —dijo, poniéndose la mano a modo de visera en la frente—. No se ve la ciénaga, ni la era, ni los cercos que marcaban el linde con San Alfonso, ni las viñas que había en una de las laderas del Trauco, ya no está la casa de Gilberto ni el sendero que conducía al estero la Toribia. Hasta el estero ha desaparecido.

Sonaba desconsolada.

—Lo han tapizado de pinos —declaró después y se devolvieron por el camino que llevaba a la casa—. Aquí vivió Enedina —dijo cuando pasaron por un lugar donde aparte de pinos no se veía nada más—; aquí mismo estaba su casa.

—¿Quién era Enedina? —preguntó Clemente con curiosidad, y entonces le contó que Enedina era una mujer muy pálida y ausente, casi muda porque no le gustaba hablar. Una noche se suicidó colgándose de la rama de un ciprés que había en el bosque de eucaliptos. Pero no le dijo nada más y él no siguió preguntando por temor de removerle la memoria de su madre.

Ese viaje fue en 1978, hacía quince años, pero quién sabía si la idea de la flecha le había rondado el corazón durante todo ese tiempo. Era tan callada. Tan reservada. Tan poco comunicativa. Miró el cuaderno con la desconfianza con que se mira a un enemigo y lo puso de vuelta en el cajón.

Clara habría sido buena escritora, pero le sobraba en imaginación lo que le faltaba en disciplina. Es que era una diletante. Tenía talento para todo, pero nunca lo aterrizó en nada concreto. Leía con voracidad. Clemente la observaba de reojo cuando anotaba cosas en un cuaderno que siempre dejaba a su lado mientras leía. Lo hacía como los académicos, sentada frente a una mesa, con un lápiz en la mano y un cuaderno al lado.

—¿Qué anotas?

—Palabras que no conozco.

Un día le mostró esos cuentos que había escrito cuando niña, en Molco. Clemente los leyó asombrado, eran historias maravillosas, llenas de magia y poesía; había una en particular que le gustó mucho, la de una vieja sin dientes que se bañaba en una tinaja con agua mezclada con sus propios orines para atraer al marido, y otra de un abuelo que se volvió loco y en las noches salía con un bastón de coligüe a buscar corderos para matarlos a palos.

El reloj había dado la una de la madrugada y una rama del nogal tamborileaba suavemente en los cristales de la ventana. Afuera se encontraba el mundo con sus parejas que regresaban de la fiesta jugueteando por la calle, sus autos detenidos ante un semáforo, sus viejos dormidos, sus bares llenos de gente hablando fuerte, sus niños vagos aspirando neoprén debajo de un puente, sus perros olfateando en un cubo de basura volteado, sus moscas, sus prostitutas esperando en una esquina, y allí adentro estaban ellos dos, del lado de acá del mundo y de las ganas de reír. Maldita enfermedad la de Clara, maldita la incertidumbre y no saber qué carajo significaba todo esto, maldito el destino del hombre condenado a que un simple gusano diera cuenta de la maravilla que son los ojos y el cerebro.

Apagó la luz y permaneció frente a la ventana con los ojos vagando en la oscuridad.

# Un extraño en un café

Una señora pasó por mi lado y me miró con curiosidad, como si me hubiese visto en alguna parte y no recordara dónde. Hizo un amago de detenerse y saludarme, pero luego siguió su camino esbozando una leve sonrisa que fue más un gesto de disculpa, por lo que seguramente le pareció una equivocación de su parte. Se movía como una mujer mucho menor de los años que probablemente tenía. Estaba algo entrada en carnes, pero muy bien conservada para su edad. Debía haber enviudado hacía poco. Vestía de negro riguroso, como lo haría una mujer por el marido muerto. No había una brizna de color en su atavío. El único colorido de su ropaje y de su cara pálida estaba concentrado en el bonito tinte rojo sangre de toro con que se había pintado los labios. Debe tener veinticinco años más que yo, pensé, preguntándome qué estaría haciendo veinticinco años atrás. Tal vez se encontraba en un dilema parecido al mío. Aunque aquella mujer no tenía pinta de haber vivido las últimas décadas en la rutina de un matrimonio gastado, mucho menos seriamente enferma. Se la veía demasiado bien como para eso, demasiado erguida, orgullosa y tranquila en su forma de moverse como para pensar que había pasado los últimos años junto a un marido que le era necesario y le sobraba al mismo tiempo. Tuve la certeza de que había sido feliz y se llamaba Pilar. Claro que últimamente mis certezas de los nombres habían fallado de manera alarmante. Desde niña he tenido la manía de ponerle nombre a la gente en la calle, a ellos, a sus hijos, a sus esposas, a sus maridos. Al principio partió siendo un juego que practicábamos con Amanda, éste debe llamarse Juan, la señora de aquél debe llamarse Alicia, ese otro se llama Ernesto, apostábamos muertas de la risa, y a veces nos acercábamos y nos atrevíamos a preguntar. Con los años, Amanda dejó el juego en el baúl de la infancia y a mí se me convirtió en una obsesión que todavía me acompaña. En el autobús me fijo atentamente en las facciones de la gente, en sus gestos, en el tamaño del lóbulo de la oreja, si es alargado, si es gordo, si es plano, la forma de las cejas, las mandíbulas, a ver si cierran bien o quedan algo desajustadas por la mala colocación de las muelas, el color de los dientes, los pelos visibles al interior de la nariz, la profundidad de los surcos de la frente, y de pronto se me enciende una luz en la mente y me salta el nombre: se llama Adela. En varias oportunidades, de adulta ya, tuve la osadía de preguntarle a la persona su nombre y los nombres coincidieron (no siempre, pero a veces sí) y entonces no me cabía duda de que tenía poderes especiales. Pero últimamente mis poderes habían menguado o la enfermedad estaba nublando mi campo telepático. Un día, esperando el bus en un paradero, me atreví a preguntarle a un enano cojo y con muchos menos dientes de los que alguna vez debe haber tenido, si su nombre era Gilberto. El enano alzó la cabezota y, pegándome una mirada preñada de odio, gritó: «¡Yegua!». Me alejé del paradero lo más rápidamente que me permitieron las piernas, con la sensación de haber sido ultrajada y, convencida, ahora, de que el hombre se llamaba Arturo. Sabría Dios quién había sido el Gilberto que le produjo tanta rabia, a lo mejor fue el tipo que le robó la mujer. Con esta señora, sin embargo, no me equivocaba: ella sí se llamaba Pilar.

La seguí con la vista. Se dirigía hacia Tobalaba. Seguramente iba a la peluquería que estaba en esa esquina. Tenía el aspecto de una abuela que va a la peluquería los sábados por la mañana, luego almuerza en la casa de su hija con sus nietos y por la tarde juega canasta con tres amigas de toda la vida, y entre canasta y canasta toman un whisky más bien aguado saboreando sus canapés de espárragos y langostinos —«estoy engordando y te confieso que me da un poco de vergüenza; una mujer que acaba de enviudar no debiera tener tanto apetito».

Al llegar a la esquina entró al local que se hallaba junto a la panadería. Efectivamente iba a la peluquería. Su rostro me quedó dando vueltas. Me acuerdo perfectamente bien de aquella cara. Aún le quedaba juventud en los ojos y en la boca de labios gruesos. Seguramente fue estupenda y tuvo una vida interesante junto a un hombre con el cual se entretenía. La cara será el espejo del alma, pero también es el espejo del compañero que se ha tenido, y cuando el compañero se va es el reflejo del muerto.

Me levanté del banco sintiendo que la señora, sin sospecharlo, me había sacado del túnel. Si sobrevivo y dentro de veinticinco años puedo mostrar ese porte, esos andares de reina, ese halo de satisfacción y esa actitud complacida por la vida que se ha llevado, quiere decir que valió la pena este tormento.

Súbitamente me alenté. ¡Bah!, me estoy ahogando en un vaso de agua, repito las monsergas de todas las esposas tradicionales del mundo, peor que esas mujeres ricas que cuentan con demasiado tiempo libre y no saben qué hacer con su existencia, aparte de torturar a las criadas y celar al marido. Decidida a espantar los sombríos pensamientos que me habían acosado desde la visión de la vieja me puse en pie y eché a andar sintiéndome mucho mejor.

Deme un café expreso, por favor, le pedí al mozo del café donde pasé a descansar un rato. Había caminado unas quince cuadras y un café y el vaso de agua mineral con que siempre lo acompañaban en ese boliche me vendrían de perilla. El lugar se hallaba casi desierto. Era temprano todavía. Las tiendas de Providencia estaban recién comenzando a abrir. En la mesa al lado de la mía había una mujer con un niño de unos diez años tomando una Coca-Cola y en la mesa de la esquina, pegada al ventanal, un hombre que me llamó la atención porque se parecía a Clemente cuando joven. Había rebasado los cincuenta años. Era muy delgado y atractivo. Tenía el rostro alargado de huesos angulosos, la frente alta, las cejas pobladas y el mismo aspecto desgarbado de Clemente a los veinticinco años. Llevaba pantalones de pana azul marino y un bonito suéter gris con rombos amarillos, grises y azules. La camisa alba iluminaba su cara un poco demacrada. Al levantar mi taza de café para llevármela a los labios, nuestras miradas se cruzaron. Di vuelta la cabeza y me puse a repasar mentalmente los ingredientes que Clemente me había encargado para su salsa. Ese día, Clemente había partido muy temprano a Viña del Mar para supervisar el edificio que ya estaban empezando a construir. Pensaba quedarse todo el día por allá, pero regresaría antes de las ocho para preparar la salsa. Llegaría puntualmente, pensé, apurando la taza de café; Clemente nunca se atrasaba. Poseía un exasperante sentido de la puntualidad. Su vida funcionaba como un reloj suizo. Todos los días hacía las mismas cosas a la misma hora, la de su reloj que le gustaba mantener adelantado en una hora, de modo de no llegar nunca tarde a ninguna parte. Cuando para todo el mundo eran las cuatro, para él ya eran las cinco. Clemente no poseía ni una brizna del típico desorden de los arquitectos. Su rutina era invariable: despertaba a las seis y media, bebía un sorbo del agua mineral que había dejado la noche anterior en el velador, entraba al baño con una pequeña radio portátil que lo acompañaba mientras se duchaba y polemizaba en voz alta con el locutor del noticiario de la mañana. El mismo noticiario todas las mañanas. ¿Para qué le discutes si no te puede contestar?, le preguntaba yo desde la pieza, pero con el ruido del agua no me escuchaba. Al poco rato salía envuelto en su toalla blanca, se vestía en silencio, se sentaba frente a la mesa florentina de mármol negro que había junto a la ventana y mientras leía el diario bebía a

sorbos lentos el café con leche que Justina le había dejado allí hacía un rato. Luego, se acercaba a la cama donde
yo estaba despierta o en una duermevela, me daba un beso en la frente y se marchaba.

El hombre volvió a mirarme y esta vez sonrió. Su
sonrisa tenía algo de tristeza, era una sonrisa bonita, franca. Me llevé la taza vacía a los labios y me hice la que tomaba café. Recuerdo que entonces me fijé en sus dedos
largos y sus brazos velludos. Alcanzaban a divisarse los
vellos oscuros saliendo de su suéter y metiéndose debajo
del reloj cuadrado y plano. Crucé y descrucé las piernas y
volví la vista hacia el mostrador. Él siguió observándome.
Podía sentir sus ojos en mi perfil. Permanecimos un rato
así, yo huyendo de su mirada, él buscando la mía. Empecé
a sentirme incómoda con los ojos de aquel extraño que
parecían haberse instalado en mi cara para siempre.

Durante todo el rato que estuvimos en el café, yo
esquivando su mirada persistente y él insistiendo en su
intento de hacerme volver la cabeza, tuve la certidumbre
de que no era uno de esos tipos que andan con las hor-
monas enervadas devorando con la mirada a cualquier
mujer que se les cruza por delante. Adivinaba en sus vis-
tazos algo muy distinto de esa mirada bovina y libidino-
sa de que te sacan los calzones y entran en tu íntima oscuridad de ahí abajo con los ojos.

Tráigame otro café, por favor, le pedí al mozo. Primero tiene que pagarlo en la caja, señora. Me molestó
que me llamara señora. En eso el desconocido se echó la
mano al bolsillo, sacó unas monedas que dejó de propina
y luego se levantó y se fue.

Abandoné el café pocos minutos más tarde y al salir me detuve ante la vidriera de una librería que había en ese pasaje, no para mirar ningún libro en particular, sino para mirarme. Quería ver cómo me había visto el hombre parecido a Clemente cuando joven. Si me veía mayor o menor de los años que tenía. Si todavía parecía una mujer bonita. Más que nada quería ver si la enfermedad que me había cambiado el alma había alterado también mi rostro. ¿Me había visto a mí o a mi sombra? Haré como que soy cualquier persona que de pronto se encuentra conmigo, pensé, alzando la vista frente al vidrio, y lo que vislumbré, como un relampagazo, fue su espalda. Se hallaba de pie frente a una tienda de artículos para el hogar, al lado opuesto de la librería, y seguramente me estaba viendo reflejada en el vidrio, como yo a él. Por unos momentos permanecimos cada uno oteando el escaparate de su tienda. ¿Qué podría estar mirando en una vitrina de artículos para el hogar? Tal vez pensaba comprarle un regalo a su mujer. O quizás el objeto que estaba pensando comprar no era para su mujer, sino para su amante. ¿Y por qué tenía que estar buscando un regalo para nadie en especial? A lo mejor vivía solo. Era solterón. O viudo. Más bien viudo. No tiene pinta de solterón y probablemente su mujer se llamaba Elena. Debe ser un viudo de hace poco tiempo. Seguro que se llama Pedro. Los que se llaman Pedro tienen ese aspecto místico y desgarbado. Tal vez se ha mudado hace poco a un departamento pequeño y está comenzando una nueva etapa en su vida. Andará confundido el hombre, paseando solo un sábado en la mañana por Providencia (lo suficientemente temprano como para pensar que pasó la noche sin compañía), matando el tiempo, haciendo hora para cualquier cosa, estará mirando unas tazas de café que le hacen falta.

Después de un rato abandoné mis ridículas figuraciones para continuar el camino hacia el mercado. Me costaba despedirme de él (de su espalda). Pasé por su lado y él no se movió. No quiso mirarme de frente, pero estaba segura de que me había visto reflejada en la vidriera y sólo esperaba que me fuera para irse. Hasta me pareció vislumbrar un gesto, una mueca rápida parecida a una sonrisa.

Una cuadra más abajo se encontraba la antigua casona de los padres de Amanda, donde un día de diciembre de uno de esos veranos de cielos limpios que había antes en Santiago conocí a Clemente. Ahora la casa estaba ocupada por una embajada. Al pasar frente a sus rejas de hierro forjado (las mismas rejas de entonces) recordé aquella tarde y me pareció recobrar el olor de los rosales que la madre de Amanda cuidaba como si fueran sus hijos. Miré hacia las ventanas del segundo piso y sentí esa nostalgia que nos invade cuando se rememora un tiempo tan lejano que parece formar parte de un sueño. Volví a ver los almuerzos bajo esos árboles y a la madre de Amanda con su sombrero blanco dando vueltas por el jardín, con la tijera de podar en la mano enguantada, lanzando exclamaciones ante la perfección de sus rosas. «Te envidio, Amanda, quién como tú, no sabes lo que habría dado por una madre que participara de la vida sin estar muriéndose de nada».

Fijé la vista en los castaños centenarios y volví a escuchar mi propia voz junto a la piscina que había en el último rincón del jardín cuando, creyendo que estábamos solas con Amanda en la casa, me aprontaba a meterme al agua sin traje de baño y un desconocido emergió de entre los arbustos y me sorprendió.

—Ahora que me viste desnuda no te queda más remedio que casarte conmigo —le dije, cubriéndome a toda carrera con la toalla.

Me miró de arriba abajo, como si mis carnes aún estuviesen a la vista, y asintió con la cabeza.

—Acepto.

Me vestí tras los arbustos y regresé al lugar donde estaba esperándome.

—Mucho gusto, Clemente Balmaceda —dijo, estirándome la mano.

—Clara, Clara Griffin.

Nos sentamos en dos sillones de mimbre que había en el pasto y entablamos una larga conversación. Era compañero de curso del hermano de Amanda. Se había equivocado de día. Era para el día siguiente que Javier lo había invitado a bañarse en la piscina. Bienvenido el error, así había tenido la oportunidad de ver a una linda mujer desnuda. Era simpático y galante. Olía a limpio y a limón y su pinta desgarbada me gustó tanto como su manera de mirarme. En aquel tiempo era muy acomplejada, me sentía fea, demasiado flaca, me encontraba cara de vieja prematura y deseaba fervientemente gustar. Me contó que estaba cursando el último año de arquitectura y habló de sus planes para cuando se recibiera. Soñaba con ser urbanista y hacer algo para convertir la ciudad disparatada en un lugar con sentido. Le hablé de mi padre, que era el centro de mi vida. Largamente le hablé de ese insensato juerguista e incansable gozador de todo que llegaba a cualquier hora del día o de la noche gritando «aquí estoy», algo completamente innecesario, pues si había una persona que no necesitaba ser anunciada era él, que andaba, si no borracho, casi siempre a medio filo.

—¿Es alcohólico? —preguntó Clemente.

Le expliqué que bebía como cualquier descendiente de irlandés que se respetara, pero jamás se ponía violento ni agresivo. Nunca se veía desarreglado o sucio. Nunca descuidaba su atuendo. Al contrario, olía a colonias caras que se mezclaban bien con el olor de los Ducados, que fumaba desde que yo tenía memoria, y siempre se las ingeniaba para que alguien se los trajera de España. Mi padre empleó más tiempo en conseguir esos cigarrillos fétidos que en cualquier otro trabajo. Su abrigo de pelo de camello lo acompañaba a todas partes y ni un día de su vida dejó de arreglarse con esmero y ponerse una bonita corbata de seda italiana, como si siempre tuviera una cita con una mujer. Estaba enamorado de la vida. El que nace chicharra muere cantando, decía. Él no murió cantando, sino leyendo *Dublineses*, único legado de su romance con la escritora veinte años mayor. Murió poco antes de cumplir los ochenta y cinco años sin que se hubiera apagado el brillo de sus ojos o le hubiera entrado miedo en la mirada. Nunca se le cascó la voz, ni mostró ese aspecto fatigado que presentan los viejos. Mi padre era un tabardillo y yo lo quería por encima de sus juergas y borracheras. Lo respetaba y me divertía con él, pero al mismo tiempo detestaba su falta de plata para pagar las cuentas, su excesiva informalidad, su eterno desorden. En ningún momento se me ocurrió imputarle a su forma de ser la enfermedad ni la muerte de mi madre; sin embargo, me daba cuenta de que estar casada con aquel tarambana no debió haber sido una tarea fácil para ella.

La conversación se prolongó hasta las seis de la tarde, Clemente me habló a su vez de su madre viuda y esforzada, llena de esa pesadumbre que había hecho tan poco llevadera su niñez, y después, viendo que habíamos entrado en confianza, me atreví a contarle mi primera experiencia «sexual» con Samuel, mi enamorado a los dieciséis años. Ocurrió un día de calor en el mes de noviembre. Habíamos planeado ese paseo con semanas de anticipación y hablábamos de los preparativos en secreto, como dos rapaces que se preparan para robarse una torta de chocolate. Íbamos a «conocernos mejor», me había dicho Samuel. Yo era completamente virgen y me hallaba tan excitada ante la perspectiva de asomarme al misterioso mundo del sexo que pasé dos días sin comer. En ese tiempo, Samuel era un muchacho esmirriado con la cara llena de espinillas y yo me hallaba a medio camino entre la gordura de la pubertad y el estiramiento de los huesos.

Nos bajamos de las bicicletas casi corriendo y sin mediar ningún preámbulo nos abrazamos rodando por el pasto. Era tan poco experta en la materia que ni siquiera tenía una idea muy clara de lo que vendría a continuación. Cada paso me parecía el preámbulo para el destape de un gran misterio y yo estaba allí para entregarme a lo que fuera.

Al poco rato descubrí que estaba ocurriendo algo que parecía salido de las rutas del amor que habíamos leído con

Amanda en una novela de Corín Tellado, pues aquello no tenía nada de suave, como decía la autora española. Samuel se restregaba contra mi cuerpo más bien con rabia y al cabo de unos minutos de forcejeos se puso a tartamudear palabras incoherentes. En un momento me pareció que se le escapaba un sollozo, pero no estaba segura. En todo caso, no tardé mucho en darme cuenta de lo que sucedía. La memoria genética traspasada por las bisabuelas a las abuelas y por las madres a las hijas me decía que algo había salido mal. El resto lo decía la cara de Samuel.

—No te importe, para otra vez será —dije.

—Cómo no va a importarme —murmuró Samuel, pálido y tembloroso.

Hicimos el trayecto de vuelta como dos guerreros derrotados, cabizbajos, sin abrir la boca, pedaleando acompasadamente con la vista puesta en los meneos de las ruedas delanteras de nuestras bicicletas. En la puerta de mi casa, al despedirnos, insistí en que no tenía importancia, pero Samuel no dijo nada. Nunca más lo vi. Le debo, eso sí, mi pasión por la lectura. Para olvidar nuestro fracasado intento y el miedo que me entró de no gustarle a ningún otro me puse a leer de manera desenfrenada. Cada vez dormía menos y leía más. Leyendo soñaba que aquello nunca había sucedido, me convertía en la heroína de la novela de turno, su fuerza se apoderaba de mí y el recuerdo de Samuel se esfumaba.

Clemente escuchó mi historia atentamente, pero no hizo ningún comentario. Creo que no le hizo mucha gracia. Me arrepentí de habérselo contado.

Nos casamos un año después y ahora, frente a la antigua casa de Amanda, volví a verme entrando a la iglesia de Vitacura del brazo de mi padre, quien hizo el trayecto por la nave central plenamente consciente de la solemnidad del momento. Iba con los ojos anegados en lágrimas por la emoción y los nervios. Había pasado las últimas dos semanas sin oler el whisky. Quiero estar sobrio y fresco para el día de tu boda, como una rosa, aunque me oxide, decía, empinándose el vaso de limonada. Todavía guardo el vestido de tafetán blanco bordado con perlas en uno de los baúles del desván, y hay noches en que vuelvo a sentir la presión de su mano en mi codo mientras me conducía hacia el altar.

# El cuaderno

Las campanas del reloj vienés dieron las tres de la mañana con su misterioso sonido de convento abandonado y Clemente sintió su propio silencio interno. Cerró el cuaderno y se puso a llorar.

Las palabras de Clara se encaramaban por las paredes de su mente como arañas. Descubrir que ya sabía de su muerte y estaba sufriendo terriblemente con su enfermedad sólo aumentaba la impotencia que sentía desde esa fatídica noche en que salió del baño temblando y dijo: «Me está saliendo sangre de un pezón». Pero nada lo atormentaba tanto como enterarse de que Clara no estaba segura de si alguna vez lo había amado y creía que nunca había sido feliz con él. ¿Qué significaban esos lengüetazos de serpiente, esos jirones de amarga indiferencia y esa falta de amor? ¿Qué mierda era este cuaderno que tenía frente a sí? ¿Un testamento, una larga carta para él, una confesión antes de la muerte? ¿Cómo era posible que Clara supiera lo de su relación con Eliana y nunca le hubiese dicho nada, ni una escena de celos, un grito, un insulto, un portazo? ¿No le importaba o era demasiado orgullosa? De repente se sintió como un adolescente estúpido que ha sido burlado por una mujer mayor, traicionado, profundamente traicionado. Clara lo había estado engañando durante todos esos años de la peor forma, le había mentido con su actitud. Su matrimonio no había sido, como él siempre creyó, un espacio abierto donde cada sentimiento ocupaba un lugar apropiado, tal como Clara veía la casa donde según ella no había sido feliz, sino una tundra desordenada. Clara lo había estafado dejándolo creer que las cosas caminaban bien y que ella lo amaba. O tal vez no. Tal vez fue él quien no quiso interpretar el muro que a veces se alzaba entre ellos dos, esas miradas oblicuas de Clara cuando estaban sentados a la mesa del comedor, ese dirigir la vista hacia otro lado al sentirse sorprendida, cambiando de tema repentinamente y simulando haber olvidado algo urgente que debía decirle. Tal vez era él quien se negaba a confesarse que le molestaba el control sobre las emociones que tenía su mujer, tanta formalidad y esa manera de ser contenida, casi perfecta, elegante en todo momento y ante cualquier circunstancia, hasta en la hora de su muerte. De pronto se abrió ante él la enormidad del misterio de Clara, su imposibilidad de conocerla, de saber quién era realmente. Tal vez existía otra Clara, una Clara oculta o, mejor dicho, una Clara que a él se le había ocultado. Este cuaderno era la prueba de ello. Parecía escrito por otra persona. Esa historia de un tal Samuel era un invento sin sentido, Clara nunca le había hablado de eso. Recordaba muy bien aquella primera conversación junto a la piscina de Amanda y el bello cuerpo desnudo de Clara que alcanzó a vislumbrar por unos segundos, pero aquello del paseo en bicicleta... Clara jamás le había mencionado a un enamorado, salvo el mirista que conoció una noche que andaban de juerga con Amanda. No entendía cuál podía ser el afán de inventar una historia tan poco creíble, además, a los dieciséis años, casi una niña. No lograba unir a Clara con ese relato. Ella era pulcra y más bien distante, parecía estar siempre más allá de su interlocutor, como si entre las personas y ella hubiese una pared de cristal. Su sello era la prudencia, la cautela, la moderación. Las únicas oportunidades en que parecía perder la cordura era cuando le bajaba esa absurda manía de preguntarle el nombre a la gente de la calle, pero aparte de eso Clemente nunca había visto una mujer más ponderada. En cambio, la mano que escribía en ese cuaderno era la mano de una mujer mucho más sensual, con gusto por el sexo, la Clara del lecho que habían compartido todos esos años era bastante fría, nunca la sintió tan interesada en el sexo. Y ese amante que había inventado y que había tenido el descaro de ponerle un nombre real. Si el conocido de Alberto, si Hyde llegara a enterarse de que existía un diario de vida, un testamento, una carta o lo que fuese aquel escrito, en donde él aparecía con su nombre y apellido como el amante de la autora y luego como muerto... Pero Hyde no vería esos escritos; aunque tuviera que enfrentarse a Clara y por muy enferma que estuviera, él impediría que aquellos trapos sucios vieran la luz pública.

Acorralado entre el dolor y la ira abrió de nuevo el cuaderno y releyó algunas frases sueltas, al azar. En todas partes había referencias al desamor, «muchas veces me he preguntado si se debe seguir atada a un hombre a quien no se ama apasionadamente», «Clemente Balmaceda —con nombre y apellido para más remate— era un hombre rutinario y ordenado, un arquitecto concienzudo y metódico, sin imaginación ni vuelo, un coleccionista de antigüedades experto en arte sin talento artístico propio, un hombre predecible, cariñoso y aburrido, muy solícito conmigo, no lo negaba, pero aburrido. En otras palabras, era lo que todo el mundo entiende por una buena persona». Un triste huevón con muy buen gusto y pocas ideas, un huevón tonto, un latero, se dijo Clemente al borde de la desesperación. «Hace mucho tiempo que dejé de estar enamorada de él», leyó en otra parte. Él tampoco la amaba apasionadamente. La pasión era lo primero que se extinguía, sin embargo, no lo era todo en un matrimonio, ni siquiera lo más importante, en eso estaba de acuerdo con Clara, todos los matrimonios se volvían aburridos a la larga, pero el amor, el cariño, ¿dónde había quedado el cariño que ella sentía por él?, ¿qué quería decir con ese montón de sutilezas y lugares comunes? Siguió repasando el texto. La historia del hombre en el café era ridícula, de quinceañera; le pareció vergonzosa la imagen de Clara observando golosamente a ese tipo que se parecía a él a los veinticinco años, molestándose porque el mozo la llamaba señora y luego de pie frente a una vidriera esperando que él le hablara, que se le acercara y le dijera algo. Era tan patético.

Había tres o cuatro capítulos más, pero no tuvo valor para seguir leyendo y guardó el cuaderno en el cajón.

# Leonel Hyde

Al regresar a mi casa, de vuelta del mercado, Justina me ayudó con las bolsas y me pasó una carta de Amanda. Guardé la carta en el bolsillo para leerla después con calma y me comí una manzana. Luego, subí a mi cuarto. Necesitaba descansar. Mi cama era el único cachivache de esa casa elegido por mí, a mi gusto, no permití que Clemente me impusiera ese mueble horroroso que le compró a su viejo anticuario de Valparaíso. La cama es un lugar inquietante donde dejamos vagar la mente, descansamos, enfermamos, sanamos y engendramos, el único sitio en donde es posible caer en esos sueños rotundos en que se desaparece, esos ensayos de la muerte que te sacan de la tierra. Tu cama es un lugar completamente seguro —quizás el único que existe— donde puedes cobijarte como en una guarida. Y para todo eso, que es la mitad de la vida, Clemente pretendía imponerme aquel tálamo ridículo de pesados cortinajes de brocato amarillo. Era una cama inglesa coronada por una especie de pagoda china, con águilas talladas en la misma madera y cuatro dragones colgando de cada uno de los palos. El cuarto duque de Beaufort la había hecho fabricar para su casa de Badminton en 1792 y había llegado a Chile en esa misma época, me explicó lleno de orgullo por la magnífica compra. Yo tendría que haber estado loca para aceptar dormir en esa yacija espantosa que el cuarto duque, o quien fuera que la hubiese ocupado, encontró tan poco apropiada para el reposo que terminó regalándosela a su propio anticuario. Y total, como para el Tercer Mundo todo es novedoso y la cama de un duque vale un Perú, el anticuario la fletó a Valparaíso, donde siempre habría un Clemente Balmaceda dispuesto a creer cualquier camelo o engañifa que le echaran. Lancé los gritos al cielo y si era necesario ponerme a llorar también lo haría. Yo no duermo en esta cama. Y la cama quedó guardada en la bodega de la oficina de Clemente, esperando que me muriera.

Me tendí en la rústica cama de pino que había comprado en los muebles Sur y leí la carta de Amanda. Sus cartas me hacían bien. Amanda vivía hacía diez años en Pensilvania con su marido norteamericano que la adoraba y ella lo adoraba a él. Llevaba una rutina ordenada y pacífica —perfectamente idílica para ella, la cosa más aburrida y plana del mundo para mí—, esas vidas de las películas estadounidenses que sólo son posibles si se ha nacido en un suburbio del este donde nunca pasa nada, o si el Tercer Mundo, con su caos, sus dictadores asesinos, sus salarios mediocres, su machismo inaguantable, sus micros atestadas de gente pobre y sus cañerías que nunca funcionan bien, te han destrozado completamente los nervios y tienes que elegir entre suicidarte, porque ya no das más con la vida de mierda, o casarte con un gringo. Amanda se casó con un gringo y vivía en un suburbio en las afueras de Filadelfia, entre las claras paredes de una casa preciosa en medio de un bosque, donde escribía sus novelas y artículos, cocinaba para el marido, leía a Shakespeare y espantaba a las ardillas que desenterraban las papas de los tulipanes y se comían los brotes tiernos de las azaleas. «Creo que no es posible ser más feliz que lo que he sido en este lugar», me escribía, y a mí me parecía insólito que alguien se atreviera a poner por escrito semejante declaración. Amanda no sabía nada de mi enfermedad y no pensaba decírselo; de hecho, no quería decírselo a nadie, y creo que en ese momento, aparte de los médicos, tía Luisa, Clemente y Justina, no lo sabía nadie. Me embargaba una mezcla de vergüenza por estar enferma y temor de que mientras más personas se enteraran, más rápidamente se esparciría el mal por mi cuerpo. Y le tenía terror, verdadero terror, a la compasión. En el caso de Amanda, a quien en cualquier otra circunstancia se lo habría comunicado inmediatamente, no lo hice, no porque temiera su conmiseración, sino porque Amanda aún no se reponía del golpe que fue para ella y para toda su familia la espantosa muerte de su padre en un accidente de auto en Nueva York.

Guardé su carta junto con las otras y cerré los ojos. Al poco rato entré en uno de esos sueños de cielos grises y aire tibio, donde lo único que se hace es flotar en una atmósfera reparadora. Sentía que mi cuerpo se relajaba. El mundo estaba reordenándose mientras yo caía al infinito, liviana y suavemente, sin angustia ni miedo de ahogarme, como si no pesara. No estaba enferma de nada, me sentía bien, el tumor había sido parte de una pesadilla y no de mi cuerpo, estaba libre, completamente libre, ahhh, qué alegría, qué descanso... Lo último que vi antes de hundirme en la inconsciencia fue un pájaro cruzando el horizonte.

Clemente regresó de Viña del Mar poco antes de las siete, tal como habíamos quedado. Venía entusiasmado con su nueva compra. Después de almuerzo aprovechó un rato libre y fue a visitar a su viejo anticuario del puerto. Al verlo entrar el anciano le hizo señas con el dedo, como hacen los anticuarios con un cliente antiguo para quien tienen reservado algo muy especial, lo condujo a la parte trasera del negocio y allí le mostró las dos figuras japonesas de porcelana policromada que ahora Clemente me enseñaba orgullosamente a mí. Son una preciosura, míralas, dijo, levantando una de las figuras, una pareja de hombres semidesnudos trenzados en una lucha libre. Son piezas rarísimas y muy difíciles de encontrar, de 1688. Los fabricantes de porcelana del siglo XVII casi nunca representaban figuras humanas, sino animales, particularmente tigres, y jarrones o platos. Estos luchadores son únicos. La tercera figura de este mismo grupo está en el inventario de Burghley, en Londres; por eso se sabe que son de 1688. ¿Qué te parecen?, ¿no son preciosas?

—¿Dónde piensas colocarlas? —pregunté.

Clemente movió la cabeza y estiró la boca (un gesto muy suyo) señalando el peldaño de piedra enfrente de la chimenea, como si lo hubiera sabido desde antes, desde siempre, como si llevara años buscando unas figuras como aquellas para colocarlas precisamente en aquel espacio.

—Para cada objeto hay un lugar exacto —dijo, acercándose a la chimenea y depositando suavemente las dos figuras sobre el peldaño en el lado opuesto al Buda.

Estaba de muy buen humor. Instaló las dos figuras, una muy cerca de la otra, casi tocándose, de modo que se veían como un solo conjunto de cuatro gladiadores blancos entrelazados en su lucha. Eran bellas, misteriosas y aquel parecía ser de verdad el lugar indicado para ellas. Clemente tomó tres pasos de distancia y estuvo un rato observándolas atentamente. Luego, se acercó dos pasos y enseguida volvió a distanciarse. Repitió esta misma operación otras tres veces, hasta que el lugar escogido terminó de convencerlo. Después fue a la cocina para preparar la salsa, y yo subí a ducharme por tercera vez. Me desnudé a toda carrera y dejé que el agua cayera sobre mis cabellos. Antes de la enfermedad me tocaba el cuerpo, examinaba distraídamente mis pechos buscando tumores extraños, protuberancias o durezas, dejándome llevar por pensamientos inconducentes, a veces tarareaba alguna de las canciones que le gustaban a mi padre, o miraba caer el agua sin pensar en nada. Después de la enfermedad empecé a ducharme a tientas, como las ciegas. Esa vez, sin embargo, me dejé llevar por la flojedad, la languidez que produce el agua caliente cuando cae sobre la piel fría y al cabo de unos cinco minutos de estar bajo el reconfortante chorro de agua me encontré llorando a mares, desconsoladamente, como si de repente se hubiese abierto una compuerta y por absurdo que parezca, en lugar de preguntarme por qué estaría llorando de esa forma casi histérica, comencé a echarme agua fría en la cara para borrar las huellas del llanto. No podía presentarme ante los amigos de Clemente con la cara descompuesta. Ahora me pregunto qué habría ocurrido si me hubiese presentado a la cena con los ojos hinchados y la cara roja. Tal vez los hilos de esta madeja se habrían tejido de otra manera. Los amigos de Clemente me habrían dicho: ¿qué te pasa?, ¿te ocurre algo?, ¿te sientes mal? Clemente me habría interrogado con la mirada, inquieto. Yo me habría disculpado diciendo: no es nada, no me siento bien, sólo quería saludarlos, y me habría retirado a la cama alentada por los mismos huéspedes y por Clemente, quien después habría subido a mi cuarto a preguntar qué me sucedía, por qué había estado llorando y me habría acariciado la barbilla y las mejillas, y luego de besarme en la frente (como hacía desde que se descubrió mi enfermedad) habría cerrado con cuidado la puerta, para que los ruidos de abajo no me molestaran y yo pudiera descansar. («Mañana te sentirás mejor, ahora quédate dormida»). Pero, claro, en ese momento no entré en ninguna de estas reflexiones, que sólo vengo a hacer ahora que mi amante se encuentra de cara al infinito en quién sabe cuál necrópolis, sin acordarse de mí, ni de su mujer, ni de lo que pasó en el departamentito de Almarza.

Al salir de la ducha empapé la punta de la toalla en agua fría y me la apliqué a los ojos. Permanecí otro rato con la toalla sobre los párpados y luego de comprobar que no había hinchazón saqué el vestido negro del clóset, pero enseguida me dije: «No, de luto no, no todavía», y sonreí ante mi propio sarcasmo. A las nueve sonó el timbre y bajé.

—Debe ser Leonel, avisó que llegaría antes que los demás invitados, viene de Punta Arenas —dijo Clemente, camino a abrirle la puerta.

Yo iba en la mitad de la escalera cuando lo escuché saludar al recién llegado y a continuación oí la voz del huésped, una voz ronca que empezaba a cascarse como la de un fumador empedernido. Era una voz desconocida.

—Llegaste temprano —le oí decir a Clemente—. ¿Tuviste un vuelo agradable?

Entonces me di cuenta que se trataba del que venía llegando de Punta Arenas, de Leonel Hyde.

—Sí, llegué hace un rato; el vuelo fue muy agradable, gracias.

Luego, lanzó una exclamación de asombro ante el jarrón azul de Sévres que estaba sobre la mesa.

—¿Dónde conseguiste este jarrón tan fabuloso?

Clemente (como pato en el agua) se puso a contarle la historia del jarrón. Que procedía de la primera saca de las sofisticadas porcelanas de Sévres. Que se fabricó en 1756, bajo el reinado de Luis XV, cuando la fábrica de Vincennes se mudó a Sévres... Y a todo esto yo iba dándole los últimos toques a un mechón de cabello que insistía en caer sobre los ojos. Al llegar abajo alcé la vista y me topé de frente con el huésped de la voz profunda. Sentí un golpe de adrenalina en el pecho. El desconocido sonrió como si no me hubiera visto nunca y me estiró una mano.

—Tú debes ser Clara. Alberto me ha hablado de ti. Encantado.

Y no dijo nada del encuentro de la mañana. No dijo que habíamos estado tomando un café en el mismo lugar, separados por tres mesas. Tampoco hizo alusión a que después nos habíamos vuelto a ver en el pasaje, él de pie frente a la tienda de artículos para el hogar y yo frente a la librería. Como si nunca hubiera sucedido o no lo recordara. Era imposible que no lo recordara. Sus ojos revelaban que lo recordaba perfectamente bien. Pero no dijo nada. Se limitó a mantener un buen rato (más de lo normal) mi mano entre la suya, apretándomela suavemente, no tan suavemente como para que no me diera cuenta de que se trataba de un apretón distinto de un saludo común y corriente. De esa forma me convirtió en cómplice de su silencio y su mentira. Porque era mentira que el avión había aterrizado en Pudahuel hacía poco rato. Esa mañana él se encontraba dando vueltas por Providencia, solo y aburrido, sin nada más que hacer, y no en Punta Arenas.

—¿Cómo está Blanca? —preguntó Clemente.

¡Ah!, pensé entonces, quiere decir que no es un viudo y su mujer no se llamaba Elena.

No pude disimular una sonrisa ante la evidente falsedad de mis imaginaciones y él sonrió de vuelta. Un temblor me recorrió el espinazo y en ese momento tuve la certeza de que se había establecido un puente entre nosotros. Un puente que ni Clemente ni nadie hubiese podido notar, porque ante los ojos del resto del mundo no había nada que pudiera ligarme a mí con aquel extraño que pisaba nuestra casa por primera vez. No sé cómo entré en el juego del hombre parecido a Clemente, quien, dicho sea de paso, en cuanto tuvo nombre propio dejó de tener semejanza alguna con mi marido.

Leonel se volvió hacia Clemente y dijo:

—Blanca está estupendamente bien. A propósito, me gustaría llamarla para avisarle que he llegado y que todo está en orden. ¿Dónde está el teléfono?

¡Qué descaro!, pensé, y debe habérseme notado en la cara porque él me clavó los ojos ordenándome, claramente ordenándome, que me quedara callada. O así, al menos, lo entendí. Ya hablaríamos nosotros dos, pareció decirme con esa mirada. Ya me lo explicaría todo. Y yo, por supuesto, me quedé callada.

Luego, se comunicó con su casa.

—Aló, ¿Cristina? Hola, hija, no sabía que habías llegado. ¿Llegaste ayer? ¡No me digas! ¿Todo bien? ¿Está Blanca?

¡Ahhh! No sólo no estuvo en Punta Arenas esa mañana... probablemente hacía un par de días que no se aparecía por su casa, de otra forma hubiera sabido que su hija había llegado.

—Aló, ¿Blanca? Sí, regresé en el avión de la tarde... es que me vine directamente a la casa de Clemente Balmaceda... No, no te preocupes por eso, me he sentido bien... Sí, por supuesto que no me olvidé. Bueno, ya hablaremos mañana. No me esperes despierta. Voy a llegar muy tarde.

¿Cómo sabía que iba a llegar muy tarde? ¿Pensaba pasar a «Punta Arenas» antes de regresar a su casa?

Mientras Leonel hablaba con su mujer —el teléfono se encontraba en el escritorio de Clemente—, Clemente fue a la cocina a buscar la bandeja con los tragos y yo me hice la que arreglaba el ramo de flores que había puesto en la mesa del vestíbulo, al lado del jarrón azul de Sévres. ¿Qué sería lo que no olvidó?, pensé, enderezando los gladiolos. Tal vez Blanca le había encargado algo de Punta Arenas. Pero aparte de una centolla fresca, un pejerrey o el viento, no veía qué otra cosa podría encargarse a una persona que viajaba a Punta Arenas. Quizás no se refería a ningún encargo, sino a un compromiso que debían cumplir, una cena al día siguiente, una visita de pésame, aunque él había dicho «me he sentido bien». ¿Estaría enfermo? Fue la misma pregunta que le formulé dos días después, el lunes 11 de octubre, mientras nos tomábamos un trago en el bar del hotel Sheraton. Pero no quiero apresurarme con el relato. Prefiero ir paso a paso, de modo de ir entendiendo yo misma cómo sucedieron las cosas.

Una vez que terminó de hablar y colgó el fono pasó al living. Me desplacé rápidamente hacia allá (no quería que me sorprendiera escuchando su conversación). Clemente venía entrando con la bandeja. Nos sentamos cerca de la chimenea. Ellos dos en los sillones, yo en la punta del sofá. Al comienzo se produjo un intercambio insulso de frases aisladas, como ocurre cuando las personas se vienen conociendo y tienen poco que decirse. Me sentía incómoda. En un momento quise levantarme para buscar más hielo, pero viendo que el baldecito todavía estaba casi lleno me quedé sentada con las manos sobre la falda, rogando para que los otros invitados no tardaran en llegar.

Los misterios de la mente y el comportamiento humano son insondables o yo soy una mujer incongruente y estrafalaria que se encuentra confundida con la noticia de su muerte. ¿Cómo puedo haberme vuelto tan loca como para aceptar (al día siguiente) encontrarme con él en el bar del hotel Sheraton? ¿Qué puede haber pasado por mi mente en el instante en que le dije por el teléfono: «De acuerdo, mañana a las seis en el bar del primer piso»? Pero de nuevo me estoy adelantando y no debo hacerlo. Es muy importante que recorra detalladamente lo que ocurrió entre esos primeros escarceos de mi relación con Leonel y el momento en que sus ojos quedaron fijos en el techo blanco de la pieza del departamentito de Almarza.

Luego de unos minutos en que nadie habló y pasó un ángel, Leonel dijo algo que sonó como una frase que emergía desde el fondo de la mente, casi de la inconsciencia, una de esas frases pronunciadas por alguien que de pronto se ha dormido cabeceando en una silla, ha tenido un sueño fugaz y luego despierta asombrado por el sueño.

—El azar es intrigante.

Clemente y yo nos miramos sorprendidos por lo inesperado de sus palabras.

—Siempre me han intrigado las cosas que suceden por casualidad —dijo a continuación—, nunca dejo de maravillarme ante las consecuencias de un encuentro fortuito; uno entra en un café y ve a una mujer hermosa, y esa misma noche vuelve a encontrarse con ella, y al día siguiente la llama por teléfono y la invita a tomarse un trago y terminan siendo amantes. O un avión al que no se alcanzó a llegar porque un despertador se descompuso y el avión se cae y mueren todos los pasajeros. ¿No les parece apabullante que algo tan improvisado como quedarse dormido o pasar a tomarse un café pueda cambiar toda la vida de uno?

Decía estas cosas mirándome a los ojos. Me sentía terriblemente incómoda y muy impresionada por su desfachatez al referirse de esa forma y delante de mi marido a nuestro encuentro en el café. Bajé la vista perturbada. ¿Qué pretendía pasándome ese mensaje?

—¿Qué quieres decir? —preguntó distraído Clemente, obviamente sin tener idea de lo que implicaban las palabras de nuestro huésped.

Pero Leonel, cambiando de tema como si efectivamente hubiese estado soñando, se puso a hablar de las elecciones que se aproximaban y explicó por qué él pensaba votar por el candidato ecologista.

Me fijé en sus ojos, otro aspecto atractivo de su cara. Los tenía más separados de lo normal y un poco salidos, pero, en lugar de afearlo, ese rasgo lo hacía verse interesante y le daba anchura a su cara alargada. Si Clemente hubiera prestado atención a lo que estaba ocurriendo en esa pieza se habría dado cuenta de la intensidad de mi mirada. Pero Clemente no se dio cuenta de ninguna de las miradas que cruzamos con Leonel en el transcurso de esa insípida (nada de insípida) conversación. De lo contrario me habría hecho algún comentario. Clemente era celoso, a pesar de Eliana era celoso, algo que nunca pude entender cabalmente. Se supone que un hombre que lleva años con una amante no está tan preocupado de los coqueteos de su mujer.

Súbitamente me sentí irritada y me levanté a poner una música. Mientras caminaba hacia el escritorio sentía los ojos de Leonel clavados en mi espalda y cuando entré al escritorio continuaba sintiéndolos, como si hubiesen atravesado la pared. Elegí el Concierto 19 de Mozart y el ambiente se llenó con esa música brillante que fue creada como para iluminar la primera mañana del mundo. La música de Mozart siempre me ha alegrado el corazón y esa noche me hizo olvidar que mi vida se hallaba colgando de un hilo.

—¡Está muy fuerte! —gritó Clemente desde el living, y entonces bajé un poco el volumen.

Cuando regresé al living, Leonel hablaba de su último viaje a Estados Unidos.

—¿Vas mucho a Estados Unidos? —pregunté, y enseguida dije que mi mejor amiga, Amanda Sierra, la periodista, quizá la conocía, vivía allá.

—Voy a cada rato —dijo Leonel—; trabajo en una exportadora de frutas, Santa Elena, y tengo que ir a Filadelfia tres o cuatro veces al año.

—¿Santa Elena? ¿La empresa de Gustavo Almarza? —intervino Clemente.

—Somos socios y muy amigos. Crecimos juntos en Cauquenes —respondió Leonel.

—¿Están hablando del senador? —pregunté.

—Del mismo —dijo Clemente—, ¿lo conoces?

En ese momento yo no lo conocía ni sospechaba que mi vida y la suya iban a juntarse en unos días más. La vida es una bomba de tiempo. Entonces el nombre de Almarza no me producía nada. Había visto su cara en la televisión y en los diarios, lo había escuchado pronunciar un discurso en la Universidad de Chile, sabía que había vivido diez años en el exilio, pero nada más. Ahora, la sola evocación de su nombre me produce una sensación de pánico.

En eso sonó el timbre.

—Aquí vienen —dijo Clemente, levantándose.

Leonel y yo podríamos habernos quedado a solas en el living. Me apresuré en levantarme (temía quedarme a solas con él) y salí detrás de Clemente para recibir a los invitados que llegaban. Eran Alberto López y los otros dos socios de Clemente.

A partir de ese instante me sentí entre paréntesis. Alberto contó que estaba aprontándose para dar la vuelta al mundo con su mujer celebrando sus treinta años de matrimonio y enseguida los hombres se lanzaron al tema del edificio de Viña del Mar. Leonel no cruzó una sola mirada conmigo en el curso de la cena, pero esa noche, tarde, cuando se estaba despidiendo, en un momento en que Clemente se apartó para sacar su abrigo del clóset, me dijo (o creo que me dijo o soñé que me dijo o quise que me dijera): te llamo mañana.

## El cuaderno

La música misteriosa de Gershwin llenaba el aire del escritorio. Clemente estaba sentado frente a su mesa de dibujo con la cabeza entre las manos, sintiendo en ambas sienes el latido de su corazón. Paso a paso, Clara había ido contando una historia que él no podía creer, pero que en el fondo temía que pudiera ser fidedigna. Porque descabellado y todo, y por mucho que le costara darle crédito, podría ser verdad que Clara y ese tipo hubiesen tenido un *affaire.* Se estremeció. No quería que fuera cierto. Esperaba que sólo fuera producto de la imaginación de Clara. Aunque el relato de la cena en su casa era completamente apegado a la realidad. Él había llegado temprano para preparar la salsa del cóctel de langostinos, lo recordaba perfectamente bien, y también recordaba que fue él quien le abrió la puerta a Hyde, y era cierto que Hyde había dicho que venía llegando en el avión de la tarde y luego llamó a su mujer por teléfono. No se acordaba si habló con su hija, pero no era raro puesto que en el momento del llamado él estaba en la cocina, según el escrito de Clara, y podía ser que no hubiese escuchado esa parte de la conversación. Tampoco recordaba que Hyde se hubiera referido al azar, tal vez lo hizo y él no le prestó atención; en todo caso, desde el comienzo le pareció un poco estrambótico, perfectamente podría haber hablado del azar en esos términos. Le dio una rápida ojeada a los capítulos anteriores. El paseo por Londres que Clara describía precisando hasta los nombres de las calles por donde anduvieron ese día era igualmente verídico. Antes de partir Clemente le había dicho que haría el viaje bajo la condición de que no le pusiera nombre a nadie en la calle, pero pedirle eso a Clara era como pedirle naranjas al sandial. No pudo aguantarse. Un día se acercó al conductor de uno de esos buses de dos pisos y le preguntó si su esposa se llamaba Victoria. El conductor se quedó mirándola perplejo y le dijo: «Oh, yes, madame, have you met my wife?». El paseo por Londres era completamente veraz. Y lo de Amanda y su vida idílica en el bosque de Pensilvania, también. Esa noche o al día siguiente, ahora no estaba tan seguro, Clara le había mostrado la carta de Amanda. Y sí, él era celoso, siempre lo fue, lo reconocía. Otras cosas, no obstante, no tenían nada que ver con la realidad y no lograba entender el sentido de tanto embuste. ¿De dónde podría haber sacado una historia tan absurda como aquella de la cama con cortinas de brocato amarillo? Amén de ese disparate de una cama del cuarto duque de Beaufort que había llegado a Valparaíso, él nunca se habría metido a comprarle la cama a nadie, mucho menos a Clara que era quisquillosa para los muebles. Ese afán de retratarlo como un huevón obsesionado con las antigüedades le parecía tan incomprensible como innecesario. Le gustaban los objetos bonitos y había comprado una que otra cosa antigua para la casa, una vez remató una cómoda y otra vez compró el reloj vienés en el mercado del Rastro en Madrid, pero no conocía a ningún anticuario en Valparaíso, no tenía idea de porcelanas de Sévres, ni de figuras japonesas del siglo XVII, y era la primera vez en su vida que tenía noticias del inventario de Burghley, ¿de dónde habría sacado Clara esas rarezas? Todo su ser bramaba por subir al segundo piso, despertarla y lanzarle ese grotesco cuaderno por la cabeza. Aclarar de una vez las cosas con ella misma. Desde que comenzó a leer vivía preso de una constante desazón. En las horas de comida escudriñaba el rostro de Clara, a ver si descubría algo en sus ojos, alguna señal de que se hubiera dado cuenta que él estaba leyendo su escrito, algo que indicase el desafecto que parecía haberla agobiado todos esos años, a ver si el amante se delataba en sus pupilas. Pero aparte de ese temor que le había entrado en la mirada desde que se descubrió su enfermedad, nunca vio nada distinto de la Clara de toda la vida. ¿Quería decir que su mujer era una cínica consumada, una mentirosa profesional? Le costaba creerlo, sin embargo, ¿cómo se explicaba *Una semana de octubre*? ¿Y si aquello fuera una especie de testamento? ¿Por qué no le había dicho nada a él?

Se sintió abrumado por la incertidumbre y en un momento tuvo el impulso de subir y hablar con ella, pero era necesario poner las cosas en perspectiva. Clara estaba empeorando. El médico había dicho que era probable que tuvieran que intervenir de nuevo, quería sacarle el útero. No es el momento más indicado para hablarle del cuaderno, se dijo presintiendo que nunca llegaría ese momento. Clara tenía razón cuando apuntaba que su mal era como un pulpo que iba adueñándose de cada espacio espiritual y físico de una familia. No dejaba lugar para otras cosas.

La tarde anterior Clemente sostuvo una larga conversación con Ana María Constantinau. Habían sido amantes hacía mucho años y a pesar de que la relación terminó cuando ella le lanzó un macetero por la cabeza, siguieron siendo amigos, y de tarde en tarde se llamaban por teléfono y se juntaban a tomar un café para ponerse al día en sus respectivas vidas. Ana María era impulsiva y bastante rotunda para sus juicios, pero sabía escuchar. Tengo un problema, necesito desahogarme contigo, le dijo Clemente en el pub de la calle Suecia donde se encontraron para conversar. Clara le había rogado que no comentara su enfermedad con nadie, era lo único que le pedía. Él sólo se lo había dicho a Eliana, no tanto porque se le hiciera pesado cargar con el problema sin poder comentarlo y necesitara desahogar su angustia, sino porque estaba determinado a no ver a Eliana mientras Clara estuviera enferma, es decir, mientras Clara siguiera con vida. Más aún: estaba decidido a terminar con esa relación. Se lo dijo una semana después de la operación, hacía ocho meses, y desde entonces sólo se habían visto un par de veces. Ana María era una buena amiga y estaba seguro de su prudencia y sensatez. Sus enormes ojos verdes lo miraron con curiosidad.

—Sabes que puedes contarme lo que quieras. Qué pasa.

—Hace unas tres semanas descubrí un cuaderno de Clara en un cajón de la cocina y me puse a leerlo; he continuado leyéndolo pero ella no lo sabe.

Ana María pareció perpleja.

—¿Estás leyendo a escondidas el diario de vida de tu mujer?

—No, no es eso, no es un diario de vida; bueno, de cierta manera lo es y no lo es —y entonces se dio cuenta de que había empezado mal su historia y le contó todo el asunto desde el comienzo, partiendo por el cáncer de Clara, cómo había encontrado el cuaderno, algunas de las cosas que aparecían en él.

—Qué terrible... lo siento... lo del cáncer, lo siento mucho —murmuró Ana María, tragándose la sorpresa y esa sensación embarazosa y de pasmo que se adueña de las personas cuando no saben cómo reaccionar ante semejante noticia—. ¿Cuándo se lo descubrieron?

—En junio del año pasado, hace ocho meses —dijo Clemente, contando los meses con los dedos de la mano—. Pero no me has escuchado bien, en el cuaderno aparece que tiene un amante.

—¿Desde cuándo?

—Desde hace unos cuatros meses más o menos. Lo conoció en octubre, en una comida de negocios en mi casa, aparentemente se hicieron amantes casi inmediatamente después de esa noche. No puedo decirte más porque eso fue lo último que leí; ¿crees que pueda ser cierto? Es decir, ¿a ti te parece que una mujer a quien le han extirpado un pecho se haga de un amante en esa circunstancia de su vida? ¿Enferma?

—Eso no es lo importante —dijo Ana María.

—¡Cómo que no es importante! ¿Qué quieres decir?

—Lo que quiero decirte es que si es cierto o no es un detalle, lo que importa es hasta qué punto ella anhela que sea cierto.

—No te entiendo.

—Normalmente una mujer no inicia un *affaire* con un hombre cuando está luchando contra un cáncer, sin embargo, puede quererlo con fuerza, tal vez en ese momento de su vida más que en ningún otro, para completarse. Mira, Clemente, las mujeres siempre nos sentimos incompletas. Casi todos los secretos femeninos tienen que ver con ese sentir que hay algo que nos falta. Incluso nuestras compulsiones tienen que ver con eso. Hasta para comprar las mujeres somos compulsivas, ansiosas. La palabra «basta» es una palabra masculina. Para las mujeres nunca basta, siempre habrá algo que falta. Un hombre puede pasarse media vida con un abrigo aunque esté rotoso y dos pares de zapatos que manda al zapatero. Las mujeres, no. Tienen que tener otro abrigo y otro par de zapatos y tres carteras más y otro lápiz labial y otro momento y otro amor y otra amiga y otro problema, y así hasta la eternidad —rió.

—Ya lo sé, pero no veo la relación entre esa ansiedad y el amante o supuesto amante de Clara.

—Olvídate del amante. De lo único que debes preocuparte es de lo que ella hace con su secreto, porque hay secretos y secretos; un polvo cualquiera es un secreto que no tiene mayor relevancia y cualquier mujer lo guardaría con celo para no darle un mal rato al marido, pero lo que me cuentas es otra cosa. Estamos hablando de una mujer a quien le han sacado la pechuga y justo en ese momento se echa un amante, o se lo inventa, y se lo deja saber al marido. Es eso lo que importa, lo que quiere decirse a ella primero y lo que quiere decirte a ti, no lo que haga o no haga con otro hombre, ni si ese otro hombre existe o no.

—A mí no quiere decirme nada, recuerda que el cuaderno lo leo a escondidas.

—No serás tan inocente como para creer que ella no sabe que estás leyendo su cuaderno....

—¿No podría tratarse de un verdadero secreto, algo que ella no quiere que yo me entere?

—Es que los verdaderos secretos no se escriben en ninguna parte, a veces son secretos incluso para la mirada de una misma. A mí, por ejemplo, no me gustaría ver escrito en un papel un secreto de verdad, ni siquiera escrito por mí. Hay realidades que son secretos, de verdad, y hay secretos que quieren convertirse en realidad, ¿entiendes la diferencia? Otra cosa que debes tener en cuenta es que no hay nada que deje más vulnerable a una mujer que un cáncer, pero vulnerable no para caer enamorada del primero que se le cruza en el camino, sino para refugiarse, con todo, en los brazos de su marido, de lo conocido, de lo seguro, de lo que va a protegerla de la muerte.

Clemente se pasó la mano por la frente, que tenía húmeda. El bar estaba atestado de humo, risotadas y choques de vasos.

—Una enfermedad así implica una terrible y agotadora lucha —continuó Ana María—. No conozco a nadie, ni me imagino a ninguna mujer, ni casada ni soltera, que escogiera una circunstancia tan poco propicia para involucrarse en una relación sentimental. Pero ya te digo, los misterios del alma son tan grandes que anda a saber tú si al verse desahuciada sintió que la vida se le estaba escapando de las manos, o un tremendo vacío que quiso llenar con algo. Ustedes no han tenido hijos, tú no has sido el más fiel de los maridos; anda a saber si no sintió que su matrimonio contigo, como única cosa en la vida, no la satisfacía. A lo mejor necesitaba crearse un secreto como este o tal vez ni siquiera sea una creación, sino una realidad que no es más que el reflejo de su decepción contigo. ¿Ella sabe lo de Eliana, por ejemplo?

—Lo sabe.

—¿Cómo sabes que lo sabe?

—Porque aparece en el cuaderno. Nunca me ha dicho nada, y si quieres que te diga la verdad, eso ha sido lo que más me ha espantado, por ponerlo de alguna forma, que nunca haya hecho una escena de celos, que no haya hecho ni la menor alusión a mi relación con Eliana, ni siquiera preguntarme de dónde venía cuando regresaba tarde en la noche.

—¿No te dio a entender que lo sabía? ¿No se le notaba? ¿No te miraba con cara de odio?

—Nada de eso. También sabe que es una relación que lleva años, pero lo ha disimulado tan bien que lo último que se me hubiera ocurrido pensar era que estaba enterada.

—¿Ves?

—Qué.

—Es lo que te decía antes. Todo esto forma parte de un secreto suyo al cual tú, de momento, sólo tienes el acceso que ella te permite, aunque a mí me parece más difícil simular que sabes que el marido te engaña que hacerte de un amante cuando estás enferma de cáncer. Tu mujercita se las trae, Clemente, qué quieres que te diga —bromeó Ana María, tratando de alivianar un poco el ambiente.

Clemente no quiso contarle que según el cuaderno de Clara el amante estaba muerto, prefirió dejar las cosas así. Se despidieron una hora más tarde y camino a su casa se fue dándole vueltas a aquello del secreto. En un momento pensó llamar a la casa de Hyde. No tenía su teléfono, pero era fácil conseguirlo. Alberto estaba viajando por Europa con su mujer y era el único vínculo con Hyde que él tenía, pero sería cosa de llamarlo y pedirle el teléfono de Leonel. Aunque cualquier persona sensata habría hablado directamente con Clara. Mas él ya no se consideraba una persona sensata. Hacía tiempo que había perdido la calma. Y pensar que antes de todo esto se encontraba tan tranquilo haciendo su vida sin cuestionarse, seguro de que un poco de ambigüedad era indispensable para un hombre que se jactaba de no llevar una existencia plana, satisfecho consigo mismo, con su amante y su matrimonio desapasionado pero tranquilo. Qué más se podía pedir después de tantos años. Pensar que vivía tan contento, tan relajado con lo que acontecía a su alrededor cuando vino el balde de agua fría, el terremoto, el sacudón fenomenal que lo sacó de su cómoda existencia para dejarlo inmerso en el caos en que se encontraba ahora. Qué sensatez iba a quedarle.

Guardó el disco de Gershwin y apagó la lámpara de su mesa de dibujo. No tenía valor para subir a dormir junto a Clara. Se acostó en el sofá del escritorio y permaneció despierto hasta que la luz de ese 26 de febrero empezó a colarse por entre las rendijas de las persianas.

# Domingo, memoria

Te llamo mañana, me dijo, y ese domingo me las arreglé para estar dentro de la casa, mejor dicho, dentro de la cocina, esperando el llamado. No quise salir ni a la terraza por miedo a que Justina o Clemente atendieran el teléfono y Leonel no se atreviera a preguntar por mí. Inventé que hacía tiempo que tenía ganas de hacer una torta de piña. Eso me mantendría una buena parte de la mañana en la cocina, al alcance del teléfono.

Me gustaría contar algo que ocurrió cuando era joven. Se trata de una anécdota que no tuvo mayores consecuencias, pero sirve para ilustrar mi estado de ánimo ese domingo. La diferencia radica en que en el momento del chascarrillo que voy a contar tenía dieciocho años y el domingo 10 de octubre cuarenta y seis. Pero qué le vamos a hacer. Es posible que cuando se espera el llamado de un hombre, que puede ser la realización de una fantasía loca en la que te ves envuelta de repente, dé lo mismo tener dieciocho o cuarenta y seis.

La anécdota a que me refería ocurrió un año antes de conocer a Clemente. Un sábado en la tarde estábamos aburridas en la casa de Amanda sin saber qué hacer. Nadie nos había llamado para invitarnos, no teníamos ningún panorama y en ese tiempo (era la década de los sesenta) una mujer no tomaba la iniciativa, y si algún hombre no la llamaba para salir a tomarse un trago, bailar o ir al cine, se fregaba. De repente a Amanda se le ocurrió que fuéramos al Murciélago, la peña donde se reunían los inconformistas de siempre, los actores de teatro, los estudiantes del Pedagógico, la izquierda joven y los enamorados del Che y de la emocionante oratoria de Fidel que a nadie le parecía gastada ni demasiado larga ni aburrida. El Murciélago era uno de los pocos lugares de Santiago donde no llamaría la atención que entraran dos mujeres solas. Estaba al final de la calle Carmen, era oscuro como bodegón de vinos, *perfecto distingo lo negro del blanco*, la voz lastimera de Violeta Parra flotaba en el ambiente lleno de humo, risas, palabras gruesas y consignas. Entramos Amanda y yo como quien entra en la cueva de un caníbal, casi a ciegas porque no se veía nada, moviéndonos como en cámara lenta, haciéndole el quite a las puntas de las mesas y a las espaldas en la penumbra, y nos sentamos en una mesa en un rincón.

Pedimos dos vinos con naranja.

Al poco rato, cuando mi vista se habituó a la oscuridad, mis ojos se toparon con unos ojos y una mandíbula cuadrada y unos músculos en el cuello y un torso ancho y unos cabellos lustrosos y una mirada caliente de esas que te hacen estremecer de la cabeza a los pies y saber de manera inequívoca que con ese tipo va a pasar algo. El bello rostro me conquistó. Me enamoré apasionadamente en menos de dos minutos y él de mí. Fue lo que vulgarmente se llama un flechazo. Un flechazo rotundo. Así, directo a la médula de la chifladura amorosa. El hombre se levantó de su taburete (estaba sentado en el bar) y caminó hacia donde nos encontrábamos con Amanda sin apartar su vista de mí, como un guerrero que se abre camino por entre los cadáveres de sus enemigos y compañeros muertos y como si él y yo fuéramos las únicas personas vivas en el planeta Tierra.

—¿Están solas? —preguntó sin tener para qué preguntar eso porque era obvio que estábamos solas—. ¿Puedo acompañarlas? —acercó una silla y se sentó antes de que dijéramos nada.

Amanda desapareció, es decir, permaneció sentada donde mismo, pero en las tres horas siguientes ni el desconocido (que ahora tenía nombre, se llamaba Luciano) ni yo nos enteramos que ella seguía estando ahí. Todo fue preámbulo, introito, antesala del paraíso, medias palabras, besos furtivos, una mano que roza el antebrazo y un cuerpo que se electrifica, una boca que se acerca a una oreja y le susurra algo que no se entiende, ni importa que no se entienda, el saboreo previo de un bocado delicioso que dentro de poco estaría al fondo de nuestras bocas jugosas, todo fue anticipo de lo que vendría después, cuando estuviéramos solos.

«Mañana te llamo», dijo cuando nos despedimos en el portón de hierro de la casa de Amanda y yo entré volando porque me habían salido alas y como estaba a punto de derretirme casi no pesaba.

El día siguiente quedó en el registro de mi juventud como uno de esos días infaustos en que se oscila entre las ganas de morir ahora mismo y la resurrección instantánea que se producía cuando el bendito teléfono de Amanda, que sonó despiadadamente durante toda la jornada, me devolvía la esperanza.

Cada vez que sonaba ese teléfono el corazón se me detenía. Y no era. Y tampoco era. Y ahora llamaba la abuela de Amanda. Y un desgraciado que no tenía nada mejor que hacer llamó para advertir que llenáramos de agua la tina del baño, porque la compañía iba a cortar el suministro a las dos. Y otro infeliz llamó a la criada de Amanda para decirle que se encontraran en el paradero frente al cerro Santa Lucía.

Luciano no llamó.

Esa noche volví a mi casa y a la mañana siguiente, cuando bajé al primer piso a desayunar, me encontré con mi padre sentado a la mesa de la cocina buscando los resultados de las carreras del Club Hípico en el diario. Tenía el diario abierto y extendido frente a sus ojos, de modo que yo podía ver la otra cara del cuerpo que él estaba leyendo, y desde esa cara, como un saetazo, me asaltó el bello rostro de Luciano. Le arrebaté el periódico a mi padre y leí. El día anterior, mientras daba vueltas alrededor del teléfono, en la casa de Amanda, restregándome las manos sudorosas y maldiciendo cada telefonazo que no era para mí, Luciano estaba asaltando una tabacalera de la calle Diez de Julio y había caído preso en una redada antes del atardecer.

Mi alivio al saber que no había sido rechazada, estafada por el susodicho Luciano, repudiada aun antes de probarme fue tan grande, que me dio lo mismo que pasara el resto de la vida en la cárcel y lo olvidé casi tan rápidamente como me había enamorado de él.

Habían pasado casi treinta años y ahora volvía a sentir el vacío en el estómago y la emoción de aquella vez.

Temprano en la mañana, no deben de haber sido más allá de las ocho, sonó el teléfono y di un salto en la cama. Me parecía increíble que Leonel se atreviera a llamar a esa hora, sobre todo siendo domingo, pero también me había parecido increíble que se hubiera atrevido (la noche anterior) a hablar indirectamente de nuestro encuentro en Providencia delante de Clemente.

Justina atendió el teléfono en la cocina. Me llamaban a mí.

Cogí el auricular con un temblor en las tripas.

Era tía Luisa, llorando. Su prima Eulalia había muerto de un derrame cerebral en el hospital de Concepción. Le acababan de avisar. Ya no me va quedando nadie, dijo entre sollozos; lo peor de la vejez no es saber que una va a partir pronto, sino ver partir a tus amigos.

Doña Eulalia era una de esas viejas macanudas para quienes la felicidad era una cuestión de ingeniería social. «Yo sé que soy una rebelde de opereta y que terminaré retractándome de casi todas mis ideas románticas, pero no sé vivir de otra manera», le decía a mi padre. Militaba en el Partido Comunista y le gustaba decir que el partido le había dado más satisfacciones en su vida que cualquier hombre que hubiera tenido —en todo caso nunca le interesó tener ninguno—. «Sólo una lesbiana puede comparar al Partido Comunista con un hombre», respondía mi padre, muerto de la risa. Andaba siempre con los bolsillos llenos de cosas raras que no servían para nada: tornillos viejos, migas de pan seco, recortes de periódicos, llaves que no usaba y una foto, vieja ya de tanto ser mostrada y manoseada, que le gustaba explicar una y otra vez, como si en ella residiera el secreto de su personalidad. Era un retrato de esos que hacen en las plazas de los pueblos, tomado en la plaza de Curicó. Aparecía una niña rubia de cara angelical con trenzas hasta la cintura junto a un muchacho de unos quince años, rubio como ella, con sus mismos ojos, obviamente eran hermanos pues se parecían mucho. Eulalia explicaba que un verano el muchacho se enamoró de ella y le regaló la foto al final de las vacaciones. Ella la guardó como huesito de santo, no para mirarlo a él, sino a su hermana. Clemente no la podía soportar. Decía que estaba bien ser lesbiana, pero no era necesario jactarse de ello, le molestaba su voz ronca y su manera compulsiva de fumar.

La había visto perfectamente bien la semana pasada en casa de tía Luisa. Parecía increíble que ahora estuviera en aquel lugar donde la memoria desaparece, sin saber que lo último que vio fue el techo de una sala de hospital. Tía Luisa sonaba profundamente impactada por la noticia de la muerte de su prima. Prefiero no ir a tu casa a la hora del almuerzo, me dijo. Quería estar sola y leer las últimas cartas que Eulalia le había enviado.

En la ducha pensé en mi propia mala suerte. Estaba (estoy) obsesionada con mi enfermedad. ¿Por qué tenía que ocurrirme esto a mí? ¿Qué me había hecho? Había escuchado decir que una misma, en un recóndito e incomprensible afán de destruirse, podía fabricarse un tumor.

Otras personas creían que el tumor en el pecho era más común en las mujeres que vivían abiertas como flores para los otros y cerradas como ostras para sí mismas, las mujeres que reprimían constantemente sus sentimientos. Y en un ensayo había leído que tal como antes se creía que la tuberculosis provenía de un amor devorador, de un exceso de pasión, en nuestros días se pensaba que el cáncer podía deberse justamente a lo contrario: a una falta de pasión, a un vacío en el alma. En 1944 se descubrió la estreptomicina y se acabó el descabellado mito. Con este mal ocurrirá lo mismo, me decía, sintiendo caer el agua tibia en el pecho que me quedaba. No obstante, mientras duraran los años de oscurantismo, quién sabe cuántas mujeres padecerían la terrible enfermedad creyéndose, además, responsables de ella. Al sufrimiento de estar enferma, estos «curanderos» agregaban el peso de hacernos creer responsables de la enfermedad. Debía salirme de esa telaraña mitológica y acabar con la enfermiza búsqueda de explicaciones de mi dolencia, terminar con la obsesiva autocompasión, dejar de ver a mi cáncer como a un ave de rapiña malévola e invencible que yo misma había parido, y tratarlo como una dolencia con posible curación. Sentía que había llegado la hora de probarme a mí misma que siendo tan frágil como cualquier mujer enfrentada al de-safío que significa un tumor en el pecho, era tan capaz como cualquiera de afrontar el mal y buscar los mejores tratamientos que existían para librarme de él.

Salí de la ducha determinada a no continuar tratando esta enfermedad como una especie de caballo de Troya que permite el triunfo del enemigo interior. Porque todos tenemos un enemigo interior, un monstruo agazapado que en el momento menos pensado nos salta a la cabeza, un oscuro gemelo que funciona como la esponja del alma y va absorbiendo las miserias de la vida hasta que se derrama.

De pronto me acometió una sensación de supervivencia. Eulalia estaba tendida en una camilla en Concepción. Pero yo estaba viva. Mi madre se había subido al carro de la muerte habiendo podido dejar que esa negra potranca se fuera volando sola, sin ella. Pero yo no lo haría. Yo estaba aquí. Seguía estando aquí. Y pensaba aferrarme a ese estar aquí con todas mis garras.

Después del desayuno entré en la cocina dispuesta a demorarme en hacer la torta de piña la misma cantidad de horas que Leonel tardara en llamarme. Si me hubiera detenido a pensar en ello, mi actitud de colegiala me habría parecido tan ridícula que probablemente habría abandonado los afanes de la torta, habría ido al mercado a comprar los erizos que le prometí a Clemente y me habría olvidado de toda aquella estupidez. Pero no hice ninguna de esas cosas y en ningún momento me vi como una mujer absurda ni fuera de su lugar. Retrocedí en el tiempo y volví a sentir el nerviosismo y la emoción de los dieciocho años cuando esperaba el llamado de Luciano en la cocina de la casa de Amanda.

Lentamente, haciendo hora —en ese momento pensaba que Leonel podía llamar en cinco minutos o a las ocho de la noche o nunca— reuní los ingredientes para la torta que aparecían en *La buena mesa* de tía Luisa: los ocho huevos, las tres tazas de azúcar flor, las tres tazas de harina con polvos de hornear, la piña que había comprado el día antes en el mercado y las dos tazas de azúcar granulada.

Batir claras se parecía a meditar. Se estaba tres, cuatro, cinco, hasta diez minutos haciendo el mismo movimiento, de derecha a izquierda, acompasadamente, y el golpeteo del tenedor en el bolo se me figuraba el péndulo del reloj vienés que Clemente compró durante ese viaje a España que hizo con Eliana Cortez. Recordé el día en que descubrí que Clemente me engañaba. No se suponía que me enterara de esa manera tan poco dramática, tan doméstica, que mi marido andaba con otra mujer. Una mañana lo llamé a Madrid porque me habían protestado un cheque y necesitaba que él hablara con su secretaria para que me hiciera un depósito desde su oficina. Me comuniqué con el hotel Miguel Ángel, donde sabía que estaba alojando, y la telefonista —seguramente a Clemente no se le ocurrió advertirle que si lo llamaban de Chile dijera que ya se había marchado a París o cualquier cosa— me preguntó si no quería hablar con la señora Balmaceda. ¿La señora está en su habitación?, pregunté, sorprendida de mi entereza. «Sí, ella ha subido hace un rato», dijo la telefonista con el inconfundible ceceo madrileño. Corté la comunicación. Por una fracción de tiempo me faltó el aire. Lo que sentí a continuación fue algo muy parecido a lo que debe sentirse con una puñalada (no lo digo en sentido metafórico), sentí algo seco, determinante, diferente a todo lo demás, algo súbito que te congela la sangre de las venas, te la detiene. Veinte años de matrimonio con Clemente cayeron hechos trizas bajo el hachazo de esa frase de la telefonista: «¿No quiere hablar con la señora Balmaceda?». A este lado del mar la señora Balmaceda era yo, pero a ese lado de la línea y del océano no era yo sino otra persona. Me senté a unir cabos, recordar detalles, juntar cosas en las que antes no se me hubiera ocurrido pensar y fue dibujándose el cuadro. Al poco rato estaba casi segura de que Clemente me engañaba desde hacía unos cuantos meses, probablemente desde el día en que asistió a un asado con Alberto, en Colina. Yo no quise ir. Me sentía cansada. Esa vez Clemente regresó muy tarde en la noche, algo que me pareció extraño y me tuvo un par de horas preocupada; un asado a la hora de almuerzo casi nunca se prolongaba hasta después de las doce de la noche y no podía llamarlo porque en la casa donde estaban no había teléfono. Cuando llegó respiré aliviada de que no hubiera sufrido un accidente y no pensé en nada distinto de lo que él me dijo, que el auto de Alberto se había quedado en pana en la cuesta de Huechuraba. Pero ahora, atando cabos, desentrañando mentirillas que en su momento parecían irrelevantes, recordando atrasos inexplicables y recorriendo el tiempo hacia atrás, llegaba al día del asado en Colina.

Una semana después de mi llamado a España, Clemente regresó con el reloj vienés que me había comprado en el mercado del Rastro en Madrid. «Te lo compré porque me acordé de ti en cada hora de mi viaje». ¿Para qué me decía esa frase tan estúpida, tan innecesaria, tan mentirosa, además? Lo cierto es que en aquel momento, y tal vez fue eso lo que me impidió lanzarle el reloj por la cabeza, Clemente me dio lástima. Lo vi como a un mediocre, un cobarde; es la mitad de un hombre, pensé enrabiada, ni más ni menos que un marido de esos que van a Europa con la amante y regresan con el regalito para la esposa. Y yo me había casado con él, había confiado en su lealtad, había vivido con él veinte años, los mejores veinte años de mi vida, irrecuperables. Pero no dije nada. Nunca dije nada. Con el tiempo iría descubriendo que la noticia de su amante me había dejado como paralizada y la verdad era (sigue siendo) que no sabía cómo enfrentarlo. Si lo verbalizaba tendría que separarme de él, y me daba demasiado miedo quedarme sola y formar parte del patético grupo de la mujer sin profesión ni autonomía económica, cuyo marido se ha ido con otra y su único destino en la vida parece ser arrimarse al primer mamarracho capaz de mantenerla. Prefería tragarme cualquier cosa, y el silencio era lo más parecido a que la amante no existiera. Además, lo quería.

Dos años después la conocí, es decir me topé con ella y la miré sin que ella supiera quién la estaba mirando. Sabía que era enfermera y trabajaba en el hospital Salvador. Una mañana fui al hospital y pregunté por ella en la puerta. Cardiología, me dijo un hombre gordo y canoso vestido con un delantal blanco lleno de manchas. Al llegar al servicio de cardiología nos cruzamos de frente en uno de los pasillos. Leí su nombre en la placa que llevaba prendida al uniforme, Eliana Cortez; la miré un segundo, no duró más que eso, pero fue como si le hubiera sacado una foto. Tenía unos bonitos ojos negros y la cara despejada. Llevaba el pelo tomado en un moño y se veía mayor, mayor que yo, incluso; yo hubiera prefe-

rido que fuera mucho menor, no de mi edad. La boca
también era bonita, sensual, con el labio inferior más
grueso; tenía unas cejas muy delgadas que parecían deli-
neadas con un lápiz. De cierta tonta manera sentí un poder sobre ella; yo podía ir al hospital cuando quisiera,
mirarla, seguirla, espiarla, y ella, en cambio, no me conocía. Pero no volví. Fue tal el odio que le tomé al imagi-
nármela con Clemente esas noches en que daban las diez
y él no llegaba, las diez y media y no llegaba, las once y
tampoco llegaba, yo sabiendo que no estaba en una reu-
nión de última hora, ni en un congreso de arquitectos, ni
recibiendo a un español que venía a firmar un contrato,
sino con ella. La imaginaba desnuda pegada a Clemente.
No había tenido tiempo de mirar con detención su cuerpo, pero en ese único vistazo la vi de buen porte, delgada, y en las noches de espera me torturaba pensando en
lo bonita que sería su espalda, en sus piernas largas y
bien torneadas, sus pechos menos caídos que los míos.
¿Sería más plana que yo? Seguramente tendría los pechos
duros y al contacto con los dedos de Clemente sus pezones se erizarían como lomos de gato y su cuerpo se en-
roscaría en el suyo y caerían al suelo envueltos uno en el
otro y se amarían ahí mismo, en la alfombra, y luego
quedarían rendidos y ella dejaría descansar su brazo sobre el pecho acelerado de Clemente.

Seguí batiendo las claras hasta que el merengue
amenazó con desbordarse y luego me detuve a descansar.
Del merengue y de mis pensamientos. Me irritaba (me
sigue irritando) el tema. Cada vez que pienso en ellos me
dan ganas de gritar. Recordé las palabras de Patricia, la

hermana menor de Amanda, cuando descubrió que su marido la engañaba con una modelo de la agencia de publicidad donde trabajaba. «Lo que no le perdono es que me haya hecho esto habiendo tenido siete hijos conmigo. Si no tuviera hijos saldría a buscarme un amante, sólo para vengarme y sacudirme esta rabia, ¿pero quién va a querer meterse con la madre de siete niños?». Yo no tenía hijos, pero tenía esta enfermedad.

A las once de esa mañana sonó el teléfono y levanté el aparato presintiendo que era Leonel. Y lo era.

—Te debo una explicación —dijo la voz medio cascada que reconocí de inmediato.

—No me debes ninguna.

—Yo creo que sí —dijo Leonel, arrastrando un poco las palabras.

Nos quedamos callados. Traté de poner mi mente en blanco. Que fuera lo que fuera.

—En todo caso, me gustaría verte —dijo en un susurro y hablando ahora como si tuviera prisa.

—¿Para qué?

—Para darte la explicación que te debo.

—Yo también.

—¿Tú también qué? ¿También me debes una explicación o también te gustaría verme?

Sonreí. Esto ya era un flirteo. Un flirteo de frentón. Estábamos entrando en quién sabe qué chifladura. Este hombre a quien apenas conocía y yo nos encontrábamos al borde de un precipicio y nos lanzaríamos al vacío. Seguro. Lo veía venir. Tenía que estar muy mal de la cabeza para no darme cuenta de lo peligroso que podía resultar ese jueguito, pero ahora me pregunto si es posible estar en tu sano juicio cuando sabes la fecha de tu propia muerte. ¿No es ese el único momento en toda la vida en el cual una persona puede volverse loca justificadamente?

Leonel repitió la pregunta y en alguna parte muy abismal de mi alma se produjo un cambio, un «clic», un vuelco que me hizo sentir liviana, repentinamente alegre, desnublada, como si fuera otra mujer. Lancé una risa que yo misma reconocía como fresca y sana, y dije «ambas cosas», e inmediatamente pensé ¡ya!, me jodí, esto es todo, ahora sí que estoy frita, ya entré al lío, y por si Leonel no hubiera escuchado bien, repetí:

—Ambas cosas. Yo también te debo una explicación y también me gustaría verte.

Vino un silencio corto, apenas una pausa.

—¿Puedes encontrarte conmigo en el bar del primer piso del hotel Sheraton, mañana a las seis? —preguntó enseguida, como si no hubiera escuchado lo que acababa de decirle.

—De acuerdo, mañana a las seis en el bar del primer piso.

Una vez que nos despedimos y colgué el teléfono me pregunté si había sido yo, realmente yo, la mujer de Clemente Balmaceda, Clara Griffin, quien se había comprometido para encontrarse al día siguiente con un casi desconocido con el cual, ya no me cabían muchas dudas, iba a tener un *affaire*. ¿Estaría fuera de mis casillas? Por supuesto que estaba fuera de mis casillas. Conmigo se terminaba el mundo, mi memoria, mi posibilidad de ser feliz, todo lo que sabía, lo que había visto y sentido, se terminaban mis dolores, mis prejuicios, mis trancas, mis temores, mis amigos; se terminaban las mañanas, la rabia con mi madre ausente y desinteresada en mis cosas; se terminaba mi incapacidad para enfrentar la deslealtad de Clemente, los buenos y los malos recuerdos; pero yo no quería entrar en la muerte con los ojos abiertos ni sintiendo que mi alma mínima, tierna y flotante deseaba empaparse con esa nueva realidad, como el emperador Adriano. Yo no quería morir. Eso era lo único cierto. Le tengo un miedo terrible a la muerte. No quiero entrar ahí. Me aterroriza la idea de permanecer en la memoria de tres o cuatro personas como una historia triste. No haber tenido hijos se me hace ahora más doloroso que nunca. Una vez que haya partido no habrá una continuación de mí en ninguna parte, ni una huella, y para Clemente mi partida será un alivio, pues su camino con Eliana quedará despejado. Hoy me costó ducharme, casi caí al suelo en el baño, me sentía débil y mareada. Al detenerme frente al espejo y ver mi cuerpo tan delgado sentí lástima. Estuve unos segundos mirando mis huesos y mis carnes lacias y luego me aparté de la visión como quien se aparta de un fantasma.

# El cuaderno

El 5 de marzo operaron nuevamente a Clara. Esta vez le sacaron el útero. Clemente no quiso escuchar la explicación del médico. Lamentó no haber sido capaz de convencerla de que no se sometiera a la operación, que se fueran a Houston antes, que vieran otras posibilidades. Él quería pedir una segunda opinión. Pero el médico le había dicho a Clara que la operación podría prolongar su vida unos cuantos años y eso fue todo lo que se necesitó para convencerla.

—Estoy vacía —dijo cuando volvió de la anestesia, como si el útero se hubiera llevado la esencia de su ser.

Clemente pasó junto a su cama los diez días que estuvo internada después de la operación. Regresaba a casa tarde en la noche, una vez que Clara se dormía. En las noches que estuvo solo no quiso abrir el cuaderno, sentía que leer el escrito de Clara estando ella en la clínica era como traicionarla, mejor dicho, era como traicionarla doblemente. Prefirió esperar a que regresara.

Y una noche de abril —Clara llevaba una semana

recuperándose en la casa y ya se estaba levantando— volvió a abrir el cuaderno y se encontró con que había escrito otro capítulo. Debe escribir cuando salgo de la casa, pensó. Nunca la había visto con ese cuaderno, es más, nunca había visto el cuaderno fuera del cajón de la cocina. Leyó lentamente las quince páginas y a medida que iba recorriendo la letra picuda y casi perfecta de Clara se sentía cada vez más sorprendido. No tenía idea de que Clara supiera redactar de esa manera. Daban ganas de seguir leyendo, de saber más, aun cuando ciertamente hubiera algo extraño en ese texto, algo tan irreal y a la vez tan cierto que lo desconcertaba. Hasta donde sabía, tía Luisa no tenía ninguna prima que se llamara Eulalia. Y si alguna amiga suya hubiese muerto en los últimos meses, él tendría que haberse enterado. Iba con mucha frecuencia a la casa, almorzaba con ellos prácticamente todos los domingos y durante la semana aparecía por lo menos una tarde y se quedaba a comer. Era una de las pocas personas que sabía que Clara estaba enferma, a decir verdad, la única persona de la familia que lo sabía. La tal Eulalia —y lesbiana además— sólo estaba en la efervescente cabecita de Clara. Mal podría él «no soportar» a esta tía si ni siquiera existía. Qué afán de dejarlo como el cargante a quien nada le parece bien y todo le molesta, el mediocre que se escandaliza con cualquier cosa, le daba rabia que lo retratara de esa forma, pero así y todo no podía negar que Clara tenía facilidad no sólo para inventar los disparates, sino para contarlos. Si él no hubiese conocido la verdadera historia detrás de la historia, ese puñado de embustes le habría parecido real, pero como

Clara se empeñaba en dejar constancia de detalles que pertenecían a su vida privada y, lo que era peor, a la vida privada de él, le costaba mucho digerir aquel escrito como quien se traga un cuento. Aquello podía ser un mensaje. Y en algunas partes era un mensaje cruel.

El viaje a España con Eliana era verídico. Al leer ese pasaje se estremeció entero. O sea, que así fue como Clara se enteró de su relación con Eliana. Y lo sabía desde entonces. Había hecho ese viaje cuando estaba escribiendo el libro de Gaudí, muy al comienzo. Pasó diez días en Barcelona estudiando los planos de la Sagrada Familia y a la vuelta se encontró con Eliana en Madrid. Realmente había comprado el reloj en el mercado del Rastro y se lo llevó de regalo a Clara, ¿pero a qué venía ese «te lo compré porque me acordé de ti en cada hora del viaje»? Le dolía verse pintado como un imbécil. Sólo un imbécil habría pronunciado esa frase tan ramplona al entregarle su regalo a una esposa a quien engañaba con otra mujer. ¿Qué pretendería ofendiéndolo de esa forma? Clara no sabía que él estaba leyendo su escrito, pero igual se sentía muy ofendido con sus palabras y no le resultaba fácil guardarse todo eso sin poder decirle nada.

Lo del asado en Colina era cierto. Le costaba entender cómo pudo concluir Clara que ese día comenzó su relación con Eliana, porque, aparte de haber llegado muy tarde a casa, no había nada que pudiera indicarle que había estado en otra cama, pero no se había equivocado: aquella fue la primera noche que durmieron juntos. Y la visita al hospital... Clara había llegado al extremo de ir al hospital para ver a Eliana. Eliana no lo supo porque no le dijo nada. Lo que no lograba entender era cómo averiguó que Eliana trabajaba en el hospital Salvador y cómo supo su nombre. Volvió a sentirse estafado por ella, inferior a ella, dominado por ella. Parecía estar al corriente de todo, como si tuviera una bola mágica que le contaba las cosas. Sus cosas. Sus secretos.

Luciano también formaba parte de las verdades del escrito. Siempre que hablaban de la juventud de ellas dos, Amanda recordaba esa noche en El Murciélago, cuando Clara perdió la cabeza por un mirista que al día siguiente mató a un carabinero en un asalto a una sucursal de un banco, no a una tabacalera. Se negaba a creer, eso sí, que en El Murciélago las cosas se hubiesen dado como las contaba Clara; ese lenguaje entre ordinario y caliente que empleaba en algunas partes del cuaderno lo sacaba de quicio, ¿de dónde lo habría desempolvado? Volvió a leer: «Todo fue preámbulo, introito (introito, Clara nunca había empleado ese término tan rebuscado), antesala del paraíso, medias palabras, besos furtivos, una mano que roza el antebrazo y un cuerpo que se electrifica (qué frases tan chabacanas, pensó turbado), una boca que se acerca a una oreja y le susurra algo que no se entiende, ni importa que no se entienda, el saboreo previo de un bocado delicioso que dentro de poco estaría al fondo de nuestras bocas jugosas...». Le costaba identificar a su mujer con aquel lenguaje de patinera barata.

Terminó de leer el capítulo y se dio cuenta de que Luciano, la prima lesbiana y demás embellecimientos no era lo significativo. En realidad, le importaba poco lo que surgiera de la imaginación de Clara. Todo su ser estaba concentrado en la historia que subyacía detrás, la médula espinal de ese relato, la historia gruesa que avanzaba a paso seguro, día tras día, el sábado 9 de octubre, el domingo 10 de octubre, la historia inequívoca de la aventura amorosa que Clara había tenido con Leonel Hyde. Le parecía inverosímil que hubiera sido capaz de una cosa así en esta circunstancia. Sintió un repentino vacío en el corazón al figurarse a Clara y su cuerpo enflaquecido frente a ese hombre tan flaco como ella. No, no lograba asociar a su mujer con una mujer desnuda en un cuartucho parejero. Sin embargo, todo ese cuaderno trataba de *affaire*. Eso era lo relevante. Lo demás eran voladores de luces, fruslerías, arrestos de escritora. La historia del amante lo mantenía atrapado en el maldito cuaderno, obsesionado con el escrito. Le costaba reconocer que fuera eso lo que lo tenía medio loco de celos, de impotencia, de una ira que sabía absurda estando Clara tan enferma, de dolor también, porque a pesar de los años, de no haber sido un marido siempre fiel, a pesar de la existencia de Eliana y de todo lo que una persona en sus cabales pudiera argumentar en su contra, le dolía que Clara lo hubiese engañado. Y le dolía más que lo hubiese hecho estando enferma. En los momentos en que vivía entregado a ella, para apoyarla, para no abandonarla ni un segundo y permanecer a su lado sujetándola a la vida. En esos momentos, ¿qué había hecho ella? Ampararse en otro hombre que era prácticamente un extraño y no podía importarle más que él.

Mientras Clara se encontraba en la clínica estuvo a punto de llamar a Alberto por teléfono y preguntarle por

Leonel, pero una especie de pudor le impidió hacerlo. ¿Qué iba a preguntarle de Hyde? ¿Si había muerto? ¿Si había tenido noticias suyas? Explicar toda esta historia por teléfono resultaba prácticamente imposible. A estas alturas sentía que no le quedaba más remedio que esperar que Clara terminara de escribir. Ya vería en qué momento le decía que su relación con Eliana había concluido, pues quería decírselo de todas maneras. La noche anterior, mientras tomaban un trago en la terraza envueltos en la noche todavía tibia, en medio de la amable penumbra de abril, se encontró liviano y despercudido con el pisco sour y tuvo el impulso de abrirse con Clara. Confesarle que durante mucho tiempo había mantenido esa relación con Eliana, pero había terminado con ella. Decirle que siempre había tenido miedo porque sabía que estaba exponiendo su matrimonio y temía perderlo todo. Que para él tampoco había sido fácil, pues nunca dejó de quererla y su matrimonio nunca dejó de importarle. Quería que supiera que ella había sido una gran compañera. Hablarle de lo infeliz que se sentía por no haber tenido cojones para ser honesto con ella.

Pero no sabía por dónde empezar.

—¿Cómo estás? —le preguntó.

—Bien —dijo Clara.

—No me refiero a la operación, sino a ti, a ti como mujer, cómo estás conmigo, por ejemplo —se sintió ridículo y se ruborizó. Nunca sabía cómo plantearle las cosas.

—No te entiendo.

—Hace tiempo que no hablamos de nosotros.

—¿Y tenemos que hablar de nosotros? —preguntó ella.

—Bueno, no sé, siempre es bueno hablar de lo que nos pasa, ¿no te parece?

—¿Quieres decirme algo? —preguntó Clara.

—No, en realidad, no.

—Dime lo que quieras. ¿Hay algo que yo no sepa?

Y no se atrevió.

# Lunes, desasosiego

E l lunes transcurrió con una lentitud exasperante. Hay veces en que la vida se convierte en esfera de reloj, subir y bajar escaleras, darse vueltas por la casa consultando a cada rato los números de la redondela. Qué desesperante. Pensé que debía estar completamente loca para hallarme en ese estado de expectación, medio muerta de nervios, a mis años, en mi circunstancia. La enfermedad estaba dañando mi capacidad de razonar. Me puse en distintos escenarios sobre lo que podría ocurrir esa tarde en el hotel Sheraton. Pensé decirle a Leonel de entrada que estaba muy enferma y que todo esto carecía de sentido. Luego, pensé no decirle nada y esperar su explicación. Pensé llamar a la oficina de Leonel, no tenía su número, ni sabía dónde trabajaba, pero podía llamar a la oficina de Almarza, su teléfono aparecería en la guía, ubicarlo a través de Almarza y decirle que lo dejáramos así, que había estado meditando, cualquier cosa. Pero entonces pensé que si lo llamaba haría el ridículo, ¿porque qué era lo que había estado meditando? Aparte de una mentira que podía no tener ninguna importancia y ser perfectamente explicable, entre el conocido de Alberto y yo no había ocurrido nada. Absolutamente nada. Llamarlo para decirle que lo dejáramos así sería lo mismo que confesar mis deseos de que ocurriera algo. Mejor dejar las cosas como estaban, no menear nada y que pasara lo que tenía que pasar. Nunca en mis cuarenta y seis años había necesitado tanto una madre, porque si las madres no estaban para aconsejarte en momentos como éstos, ¿para qué estaban? ¿Y qué habría opinado de esto mi padre? También pensé en mi abuela, ¿qué habría dicho ella? No sé cuántas veces miré el reloj. Las horas no pasaban nunca, ese día estaba destinado a quedar en el registro de los años como el más largo de mi vida.

A las cuatro me duché, me perfumé, me puse mi mejor vestido, me pinté las uñas de los pies, comprobé que no tuviera ningún pelo en las piernas ni en los sobacos ni bajo el mentón ni en la cara ni en el cuello, porque de los cuarenta en adelante comienzan a salirte pelos en todas partes; me puse el corpiño especial para mi pecho inexistente, me peiné con esmero, maquillé con mucho cuidado los ojos, volví a mirarme al espejo, me vi bonita, me acepté, salí a la calle y en la calle tomé un taxi porque las piernas no me respondían.

Llegué al hotel Sheraton a las cinco y media, media hora antes que Leonel. Me dirigí al mesón de la entrada. Un conserje cejijunto estaba anotando algo en un papel. Cuando alzó la vista le di mi nombre y le dije que si alguien preguntaba por mí hiciera el favor de avisarme. Yo estaría cerca de la piscina. «Con mucho gusto, señora», dijo el hombre, imperturbable, y siguió escribiendo.

Años atrás, mucho antes de que Clemente me engañara con Eliana, me ocurrió algo curioso en esa misma piscina. Estaba esperando a Clemente para cenar en ese hotel mientras hacía hora dando vueltas alrededor de la pileta, tal como ahora. De pronto escuché los gritos de una mujer. Me volví a mirar y vi una pareja que estaba sentada en una de las mesas discutiendo de manera tan violenta que en cualquier minuto se irían a los puños. Ella, sobre todo, parecía furiosa. Lo insultaba. «Mentiroso, desgraciado, animal. No me vengas ahora con esa historia. ¿Me has visto cara de idiota? ¡Qué me importa que me escuchen! Que me escuchen. Todo el mundo debería escucharme para que todo el mundo se enterara de lo asqueroso que eres». No sabía dónde meterme ni qué hacer para no seguir oyendo. Opté por quedarme donde estaba y me puse a deshojar una rosa. La mujer se hallaba fuera de sí. El pobre hombre no abría su boca. Por las cosas que ella le decía era fácil adivinar por qué estaban peleando. «Casi tomé ese avión, ¡pelotudo!, y si llego a Washington, ese día, te habría encontrado con ella en la cama, ¿cómo pudiste ser tan descarado? Porque ella estaba en Washington contigo. ¡No me digas que no! ¡No te atrevas a decirme que no! ¡No se te pase por la mente decirme que no!». Ahora le pega, pensé, compadeciéndolos. No sé por qué los hombres se meten siempre en el mismo lío. Algo que nunca debiera salirse del ámbito de la pasión y el secreto termina en una esposa frenética a punto de matar al infiel, pálido y arrepentido hasta los huesos. Las mujeres debemos ser aterrorizantes. O los hombres muy cobardes. O ambas cosas.

Momentos más tarde, luego de que él intentara meter su cuchara y ella lo hiciera callar con otra cadena de insultos, la mujer se levantó, probablemente para ir al baño a tomar agua y calmarse, y al pasar por mi lado me clavó unos ojos desorbitados y dijo:

—¡Intrusa, métase donde le corresponde!

Sentí mis piernas como hilos de lana y casi me caí. El marido, que alcanzó a escucharla desde la mesa, se levantó y se dirigió hacia mí.

—No le haga caso, está muy alterada.

Al recordar esa anécdota no pude dejar de pensar que yo era la otra, la de Washington, y que tal vez algún día Blanca (esa Blanca a quien yo no conocía) estaría gritándole de esa misma manera a Leonel. Miré la hora. Faltaban quince minutos para las seis. Me arreglé el mechón de pelo que siempre se me cae en la frente, saqué del bolso mi polverita y repasé los labios. Me veía bien, sana. Estaba con buena cara. Con esta enfermedad los años dejan de importar, la cara ya no se juzga por las arrugas, sino por el color.

El lugar se hallaba casi desierto. Una señora y un caballero, seguramente norteamericanos, se encontraban sentados en dos sillas de lona amarilla. Él podría estar bordeando los ochenta y ella lo seguía de cerca, setenta y cinco o tal vez más. Ella había pedido un martini, él una cerveza. Parecían casados desde toda la vida y seguramente lo estaban. Tomaban sus tragos con ese aire complaciente de las parejas que ya no tienen prisa para nada y están tranquilas con los fantasmas del pasado. Se veían tan seguros de que todo estaba bien que sentí envidia. Desde hacía un tiempo me ocurría algo muy extraño (quizá no fuera tan extraño considerando mi enfermedad), me refiero a que ya no me daban ganas de ser joven, sino de ser vieja, de haber llegado a los ochenta años, de haber vivido el máximo y estar lista para desaparecer del mundo sin más complicaciones que uno u otro achaque. Como esa pareja de viejos. Pensé en Amanda y su marido gringo de Filadelfia. Probablemente Amanda envejecería junto a su marido tal como estos dos. Una vez jubilados viajarían por Latinoamérica, Amanda sorprendiéndose de su propio continente, él reclamando porque somos impuntuales y mentirosos.

La voz de Pablo Milanés emergió de algún parlante escondido entre los arbustos. Alguien había puesto un disco. Recordé a mi padre. «Con la única mujer que volvería a casarme a estas alturas de mi vida sería con una que se llamara Yolanda», decía cada vez que escuchaba esa canción. La escritora veinte años mayor se llamaba Alicia.

A las seis entré al lobby y Leonel estaba ahí.

—Qué puntualidad —dijo, besándome en la mejilla. Pasamos al bar y Leonel se dirigió a una discreta mesa en un rincón, como si la tuviera reservada desde antes, y ahí nos quedamos hablando hasta las nueve.

Intentaré reproducir lo más fielmente posible ese diálogo, en parte porque quiero dejar testimonio de lo ocurrido y en parte porque se lo debo a Leonel. Siento que es mi obligación hacerme cargo de cada detalle de los últimos días de su vida. Mal que mal, soy el único testigo de cómo fue su tránsito al infinito. Yo, que apenas lo conocía, que estaba empezando a relacionarme con él. Fui yo quien tuvo ese honor. Porque es un honor estar presente en el minuto más importante de la vida de alguien. Aunque la muerte sea un asunto solitario, como decía mi abuela, es un gran honor.

—¿Qué te gustaría tomar? —dijo Leonel cuando uno de los garzones se acercó solícitamente y preguntó qué desean beber los señores.

—Un martini —dije, seguramente pensando en la vieja norteamericana que acababa de ver en la terraza o tal vez en el trago favorito de mi padre. Por mi parte, era la primera vez en mi vida que tomaba un martini.

—Un martini para la señora y una copa de vino blanco para mí —dijo Leonel.

—¿Qué vino le agrada al señor? —preguntó el garzón, haciendo una de esas venias a medio camino entre una reverencia y una simple agachada de cabeza que hacen los garzones que llevan más de veinte años trabajando en lo mismo.

—Cualquier Chardonnay de Santa Rita —dijo Leonel. El hombre abandonó el lugar y nosotros permanecimos en silencio.

Estaba muy oscuro. Apenas visualizaba el rostro de Leonel. Sacó un encendedor y un paquete de cigarrillos del bolsillo de su chaqueta y los dejó encima de la mesa. Me miró:

—Te debo una explicación —dijo sin preámbulos, directo al grano, y eso me gustó.

—Yo también —murmuré, e inmediatamente me sentí diciendo algo inocuo, porque la verdad era que no tenía ninguna explicación que darle; al contrario, mi actitud de liceana de quince aceptando encontrarme con él en ese bar —sabía que no íbamos a contar bolitas de dulce— era más bien inexplicable.

—Yo primero —se apresuró a decir Leonel.

—Está bien... dime.

—El sábado en la mañana estuve en Santiago, tal como a ti te consta, y no en Punta Arenas. Te habrás preguntado por qué no se lo dije a Blanca, mi mujer, y por qué no hice ninguna alusión a que tú y yo nos habíamos visto ese mismo día, ¿verdad?

—Sí —dije sonriendo por dentro, pero muy seria por fuera—, ¿por qué mentiste?

—Mentir es una palabra gruesa. No fue mi intención mentir. No quería que se supiera que estaba en Santiago. Eso fue todo. Vamos a decir que omití la verdad.

Nuevamente fue directo al grano:

—Hace seis meses empecé a sentirme mal, muy mal, pasaba malas noches, me venían unos terribles dolores de cabeza, vomitaba con cualquier cosa que comía, algunos días amanecía con fiebre, había perdido bastante peso en el último tiempo y no encontraba una justificación para esa pérdida. Me sentía extenuado. Hasta que me animé a ver un médico. Creo que en el fondo sospechaba que se trataba de algo serio.

—¿Cáncer? —pregunté, pronunciando la aborrecida palabreja con una voz apenas colgando de mi boca, apenas salida de mí misma y sintiendo que todavía la tenía medio atragantada en la garganta cuando lo hice.

—¿Cómo lo sabes? —inquirió Leonel, escrutándome a través de la penumbra.

—No, perdona, no lo sé, pero esos son más o menos los síntomas —farfullé confundida y muy incómoda.

—Alguien te lo dijo —afirmó sin despintarme los ojos de encima.

—No, palabra, nadie me ha dicho nada.

—Me lo descubrieron inmediatamente. Se trataba de un tumor en el estómago. Me operaron. A decir verdad, me abrieron y me cerraron. No pudieron tocarlo porque el tumor estaba comprometiendo una punta de la cadera y en otra parte se encontraba adosado a la arteria aorta. No había mucho que hacer, no había nada que hacer en realidad. Era demasiado grande y había partes importantes comprometidas. Lo bombardearon con quimioterapia, literalmente hablando, lo bombardearon. Y lo deshicieron. Los médicos no entienden cómo no perdí el cabello con las drogas, pero no lo perdí. Perdí peso. Eso sí. Mucho peso. Treinta kilos en un mes. Me convertí en mi sombra. Ahora estoy mucho mejor. Me he recuperado bastante bien, gracias a Dios. Los médicos están más optimistas que yo mismo, para decirte la verdad. Piensan que tal vez no habrá recurrencia. Se han dado casos.

Mientras decía estas cosas jugaba con el encendedor y con el paquete de cigarrillos. Los daba vueltas entre sus dedos, primero el paquete, luego el encendedor. Una vez lo encendió y la llama iluminó su cara de huesos largos y su expresión triste.

—No sé adónde me llevará la enfermedad. Espero que no haya recurrencia. Pero eso es bastante improbable, creo. Estoy listo para lo que sea, ya me he resignado, es lo que me digo, pero a veces me lleno de rabia y otras me entra una pena tan honda que me ahoga. Paso llorando.

En ese punto de su relato alzó la vista y vi que sus ojos estaban vacíos, casi sin expresión, como si lo que estaba diciendo fuese algo que ya se sabía de memoria.

Siguió:

—No quiero amedrentarte con la historia de mi enfermedad, mi única intención es explicarte por qué el sábado en la mañana estaba en Providencia, donde tú me viste, y no en Punta Arenas.

Entonces me tomó una mano con un gesto fraternal, como quien le toma la mano a su mejor amigo, y enseguida dijo:

—Blanca es mi segunda mujer. Antes de casarme con ella estuve siete años casado con otra persona, con la cual tuvimos una hija, Cristina. La verdad es que me enamoré de Blanca y para Teresa fue muy duro, muy difícil; creo que ella manejó muy mal todo el asunto, pero yo también lo manejé muy mal. Lo cierto es que terminamos separándonos y acabé casándome con Blanca. Blanca era soltera. Quería tener hijos. Tú sabes cómo son esas cosas. Creí que estaba perdidamente enamorado de ella. En algún momento lo estuve, o pensé que lo estaba, pero eso duró poco. Es una historia larga que alguna vez te voy a contar. ¿Pero te estoy enredando mucho?

—No, sigue, por favor —dije, retirando mi mano de la suya.

—El médico fue muy franco conmigo y ahora se lo agradezco, aunque te confieso que en un primer momento me pareció brutal que te dijeran así, casi de sopetón, que podías morir dentro de unos meses. Fue como un portazo. Me dijo que me quedaba poco tiempo de vida.

Quizá seis meses, hasta diez, todo se hallaba sujeto a la recurrencia del tumor. Ha pasado casi un año y aquí estoy.

A continuación se quedó callado y por un rato no dijo nada más, como si quisiera darme tiempo para que pudiera digerir la bomba, y entonces se produjo un vacío de sonidos en el cual penetraron también los ruidos del recinto y ya no se escuchó el entrechocar de los vasos ni las risas de la gente ni sus voces, como si los ruidos y murmullos hubieran sido tragados por un embudo y el mundo hubiese quedado atrapado en una botella.

Lo que me estaba sucediendo no era normal. Superaba con creces cualquiera de los escenarios en que había puesto esa conversación unas horas antes. Nunca se me habría ocurrido pensar que el extraño parecido a Clemente hace veinticinco años, el desconocido del sábado en la mañana, quien después tuvo nombre propio, Leonel, terminaría sentado enfrente de mí en la penumbra de un bar contándome que estaba enfermo de la dolencia que padecía yo misma. El hecho es que yo estaba en ese bar del hotel Sheraton frente a un hombre con quien dos horas antes había tenido ganas de hacer el amor, quien ahora me decía que estaba desahuciado a muerte. No, esto no era normal. No era en absoluto normal, pero más extraño fue lo que pasó a continuación: en lugar de horrorizarme con su relato y espantarme ante la situación, porque no hay que olvidar que todavía faltaba mi parte, todavía faltaba que yo le contara que también estaba enferma... en vez de ponerme a llorar ante la evidencia de que mi suerte era la peor suerte que pudiera imaginarse, me sentí muy tranquila y de repente todo tuvo sentido.

Por primera vez en muchos meses me pareció que la vida no era un campo de batalla infectado de minas escondidas por el cual debíamos caminar sabiendo que podían explotar, dejando nuestro cuerpo convertido en guiñapos irreconocibles, sino un lugar con soluciones. Me sentí relajada, hasta feliz, y en vez de paralizarme ante la magnitud de la noticia que este hombre acababa de darme, respiré hondo y los nervios de mi cuerpo se aflojaron.

—Continúa —dije, tomando la mano de Leonel entre mis manos, como animándolo a seguir hablando confiadamente, porque yo entendía perfectamente bien por lo que estaba atravesando.

—Cuando el médico me dijo que me quedaba poco tiempo, mi vida se puso patas para arriba. Me vi en una especie de túnel sin salida. No hallaba qué hacer. La noticia me quedaba demasiado grande. Estuve unas semanas muy mal, quería suicidarme, nunca lo intenté, pero no dejaba de pensar en ello. Una mañana sufrí un cambio. Fue una mañana en que salí a caminar para ordenar mis ideas y en eso entendí que la única forma de vivir lo que me quedaba era haciéndolo tal como yo quería. Sentí en mi corazón que no tenía otra oportunidad ni más tiempo ni más opciones. Y a la vuelta de esa caminata hablé con Blanca y le dije que quería irme de Santiago por unos días, a Punta Arenas, necesitaba estar solo, uno de mis mejores amigos vive en Punta Arenas y quería pasar unos días lejos de ella —esto no se lo dije, pero era lo que quería—, lejos de todo, le dije, del trabajo, de la ciudad y su estrés. Blanca lo entendió, no le gustó que me fuera en ese momento, pero lo entendió; además, estaba dispuesto a hacerlo tanto si ella lo comprendía como si no. En un momento pensé irme a Punta Arenas, efectivamente lo pensé, tanto lo pensé que llamé a mi amigo por teléfono para avisarle que llegaría, pero finalmente decidí quedarme en Santiago. Te vas a reír cuando escuches lo que voy a decirte. Le tengo pánico a los aviones. Qué ridículo, ¿verdad? Condenado a muerte y no me atrevía a viajar por miedo a que se cayera el avión. La cosa es que me quedé en un departamento pequeño que tiene Gustavo Almarza en Tobalaba con Pocuro. Gustavo es un viejo amigo mío, le expliqué la situación y el jueves me trasladé a su departamentito. Es un lugar bastante deprimente, pero se trataba de una emergencia. Y ahí estoy viviendo por ahora.

—¿Por qué no se lo dijiste a Blanca?

—Porque la conozco. Si le hubiese dicho que me quedaría en el departamento de Almarza no me habría dejado tranquilo. Habría ido hasta allá. Se las habría arreglado para aparecer, so pretexto de cualquier cosa.

—Pero ahora estás de vuelta en tu casa. El sábado en la noche, cuando hablabas con ella por teléfono, te escuché decirle que ibas a llegar muy tarde.

—Sí, esa noche fui a dormir allá porque supuestamente venía llegando de Punta Arenas, pero ya había decidido comunicarle que no regresaría a casa. De hecho se lo dije, le dije todo, que no había estado en Punta Arenas, sino en Santiago, que no quería volver hasta que no se me aclararan las ideas, y ayer me instalé en el departamentito de Almarza. Desde allá te llamé por teléfono. Pienso quedarme en ese lugar hasta que encuentre una cosa más grande, más apropiada. Lo de Almarza es muy pequeño, en realidad es un departamento que sólo ocupa para verse con su amante.

—¿Para qué le dijiste a Clemente que llegarías más temprano porque venías de Punta Arenas?

—Cuando llamé a Clemente todavía pensaba ir a Punta Arenas.

Claro, todo tenía una explicación mucho menos sofisticada de lo que yo hubiera imaginado.

Leonel hizo un gesto dando a entender que era lo que tenía que decirme y permanecimos mudos.

Así que esta era la historia, pensé todavía incrédula, está enfermo, anda buscando una salida al túnel donde su enfermedad lo ha introducido de un empujón, como a mí la mía, no sabe que yo también estoy mal, cree que soy el epítome de la buena salud, cree que soy lo que a él le falta; de esto se trataba entonces, más de esto que de mí.

El silencio se prolongó. El lugar, que hacía poco había recuperado su ambiente de bar lleno de gente a las ocho de la noche, volvió a quedar convertido en una bola vacía donde sólo nos encontrábamos Leonel y yo.

Leonel acercó su mano a la mía. Nos miramos. Tantas historias románticas comienzan con esta mirada. La he visto en la vida real, en las películas, en las novelas, en los ojos de Amanda cuando me contaba que su gringo le había pegado esta misma mirada una noche en su casa de Filadelfia y entonces supo que iba a meterse a la cama con él. Es una mirada hecha nudillos, que golpea suavemente la puerta para entrar, una mirada distinta e inequívoca. Se han ahorrado más palabras y explicaciones con esa mirada que con cualquier otra cosa en la historia de la humanidad.

—¿Vamos? —dijo Leonel, manteniendo sus ojos fijos en los míos.

Un violento temblor me cruzó el estómago. ¿A dónde?, casi pregunté, pero no dije nada. Me quedé sentada donde mismo y en una fracción de segundo se me atravesó todo el horror de mi situación: yo no podía ir con él a ninguna parte, es decir podía, pero no podía desnudarme delante suyo antes de contarle mi verdad, mi verdad aún más espantosa que la suya. Sentí en carne propia mi terrible vulnerabilidad y la altura de la vara con que me había medido. Porque yo no estaba en condiciones de iniciar un romance con nadie, seamos francas, ni siquiera de encontrarme en la penumbra de ese bar tomando un martini con un desconocido con el cual quería hacer el amor. Y resulta que ahora el desconocido me decía «vamos» y yo tendría que partir como una oveja al matadero, desnudarme ante sus ojos y observar cómo esos ojos, apasionados hasta hacía un par de segundos, se estrellaban contra la cicatriz de mi pecho. No, no podía ir a ningún lugar con él. No antes de decirle la verdad.

—Hay un problema —balbuceé.

Leonel volvió a sentarse.

—¿Cuál problema?

Con una voz que no podría describir, puesto que no me la escuchaba, le conté todo. Le hablé del horror que me estremeció esa noche en el baño cuando al desnudarme para ponerme la camisa de dormir descubrí que mi pezón derecho sangraba, pero no era un rasguño, era sangre de adentro, sangre extraña que no debería estar allí ni salir por ese orificio, y al presionar el pezón con los dedos brotó más sangre, y entonces llegué a sentir por dentro la intensa palidez de mi rostro reflejado en el espejo. Le hablé del miedo a la muerte que me embargaba desde entonces y no me abandonaba nunca. De mis sensaciones en la clínica, de cuando poco antes de que me introdujeran al quirófano me dejaron en la camilla, en un pasillo silencioso y solitario junto a una ventana y yo sabía que al otro lado de la ventana había un niño cruzando la calle de la mano de su madre, un perro husmeando dentro de un tarro de basura, dos oficinistas fumándose el primer cigarrito de la mañana en una esquina, una niña reclamándole a la hermana mayor porque andaba demasiado rápido, una vieja con su nieto esperando el autobús. Al otro lado de la ventana se hallaban la gente, los animales y los árboles, cada uno en sus distintos afanes, y todos ellos sin saber que tras esa ventana, en un pasillo de la clínica, me encontraba yo temblando de frío, muerta de angustia y miedo. Le hablé de la operación. Del momento en que desperté de la anestesia y supe por instinto, porque no me atrevía a tocarme, que me habían sacado el pecho. Le describí cómo era mi pecho cuando todavía existía. Le dije que a la mañana siguiente de la operación me encontré tan mal, tan turbada, que hasta pensé escribirle una carta a mi pecho, algo así como una despedida. Había vivido con él durante cuarenta y seis años y dejarlo partir sin una palabra, sin un par de letras, era como si a mí misma me enterraran como quien entierra a un pollo que ya no sirve para nada. Le hablé casi sin tomar aliento porque lo que estaba haciendo no era solamente hablarle a él, sino vaciarme, y seguí sin parar y sin quitarle la vista de encima, como si estuviera derramando mi alma al mar.

Cuando terminé me clavó una mirada de ojos lagrimosos que me hizo más daño que si hubiese echado la mano atrás para darme una cachetada en la cara. La compasión. Ahora empezaba la compasión. Dejaba de funcionar la promesa de la aventura amorosa que el destino había tenido a bien concederme para que volviera a sentirme entera, querida, deseada y empezaba la lástima por la pobre enferma. Era lo que temía, pero qué diablos, peor habría sido irme con él sin decirle nada.

—No, por favor no me tengas lástima, te lo ruego —le dije.

«Antes de cortar quiero aclararte lo siguiente: no te tengo ninguna lástima», me dijo por teléfono. Pero eso fue más tarde. Ahora sólo me tomó de la mano y ayudándome a levantarme del asiento repitió: «vamos», a la vez que sacaba unas monedas del bolsillo y las dejaba encima de la mesa.

Y salimos a la calle.

# El cuaderno

Clemente cerró el cuaderno, cerró los ojos. Lo embargaba una desasosegante certidumbre. A estas alturas se sentía capaz de recitar, casi al pie de la letra, lo que vendría a continuación en la historia que su mujer había terminado de escribir. Le faltaban tres o cuatro capítulos por leer, pero sabía que Clara había terminado, no sólo porque en la última página, después de todo, había anotado la palabra «fin», sino porque estaba muy enferma, se estaba apagando, empeoraba día a día. Clemente la veía consumirse como una vela y dudaba mucho que le quedaran fuerzas para escribir nada. El día anterior había despertado agitada y cuando él se acercó a su cama le dijo que quería ir al baño. Le alcanzó la bata y las zapatillas y ella trató de levantarse, pero no pudo. Las fuerzas ya no la acompañaban.

—Ayúdame.

Clemente la levantó con infinito cuidado, la acunó apretándola contra su pecho y la llevó al baño con la sensación de estar portando entre sus brazos a un animalito recién nacido. Está tan flaca, Dios mío, suspiró, besándole la cabeza. No era más que un atado de huesos que casi no pesaban.

Guardó el cuaderno en el cajón de la cocina, determinado a no volver a leerlo hasta después. Después de lo que fuera, pero después. Clara se estaba muriendo. El médico creía que no le quedaban más que unas pocas semanas de vida. Cuando Alberto regresó de su viaje alrededor del mundo, dos veces estuvo a punto de contarle todo y preguntarle por Hyde, si era cierto que estaba enfermo, si había muerto, confiarle que Clara había tenido un *affaire* con ese hombre. Ellos dos habían sido amigos por mucho tiempo, Alberto era un hombre equilibrado que entendería las cosas, pero no se atrevió a decírselo. Se enrabiaba consigo mismo por ese emperramiento de tragarse solo el secreto, no obstante prefirió quedarse callado y no saber nada de Hyde, sobre todo por temor a que lo leído o lo que leería más delante resultara ser verdad y él no fuese capaz de simular ante Clara. No había hablado de este cuaderno con ella y ahora no lo haría, pero tampoco quería saber el final de la historia mientras su mujer viviera. La idea de llegar a esa parte donde seguramente su mujer describiría la escena de amor en el departamentito de Almarza, Clara desvistiéndose y Hyde mirando la cicatriz de su pecho y ella entregándose a sus brazos buscando desesperadamente un camino para olvidar su enfermedad o buscando lo que él mismo no le había dado en los últimos siete años, y luego los dos haciendo el amor en el nido clandestino del político... La sola idea le helaba la sangre.

Subió al segundo piso y entró en puntillas a la habitación donde Clara dormitaba. Las últimas horas las había pasado así, con los ojos entrecerrados, respirando acompasadamente y emitiendo a ratos un quejido que le salía desde el fondo del estómago, como si le doliera algo muy adentro, un quejido semejante al de una ramita de árbol que se está desenganchando. Es ella la que se está desenganchando, pensaba Clemente, observando en silencio cómo se le escapaba la vida de las mejillas, de los párpados, de la frente, de los brazos tan delgados que parecían patas de zancudos.

Era el 4 de agosto y empezaba a desparramarse la noche. Clemente se acercó a la ventana y desde allí paseó la vista por la habitación que poco a poco comenzaba a adquirir esa tonalidad de oro viejo que toman las piezas a esas horas del final del invierno. Volvió la mirada hacia la calle y abrió la ventana para que entrara aire fresco. Entonces decidió ir al departamento de Almarza. En alguna parte del cuaderno había leído que el departamento quedaba en la esquina de Tobalaba con Pocuro. Conocía muy bien los dos edificios que estaban en esa esquina porque, años antes, una amiga suya había vivido allí. Seguramente habría un portero. Preguntaría en ambos edificios por el departamento de Almarza.

Se acercó a Clara. Parecía dormida. La besó suavemente en la frente y le subió un poco la sábana.

Afuera hacía frío. Había un cielo de plomo. Las calles estaban más vacías que de costumbre. La tarde le recordó uno de esos días negros de cielos bajos, en medio de la dictadura de Pinochet, poco antes del toque de queda, cuando la gente se recogía con la prisa del miedo sabiendo que en cualquier esquina podía estar cometiéndose un asesinato. No se veía un alma. Su casa quedaba en un barrio tranquilo de La Reina, pero ese día estaba más callado y solitario que nunca. Apuró el paso. Dos cuadras más abajo había un paradero de taxis.

—Lléveme a Tobalaba con Pocuro —le dijo al chofer del taxi que tomó en Príncipe de Gales con Monseñor Edwards, una esquina que siempre lo ponía nervioso porque cerca de allí, en alguna de esas casas, no sabía exactamente en cuál, decían que había vivido el general Contreras.

El taxi tardó quince minutos en llegar.

—¿Sabe cuál es el departamento del señor Gustavo Almarza? —le preguntó a un hombre que se hallaba resolviendo el crucigrama de un diario, en el hall de uno de los edificios.

—Aquí no hay nadie con ese nombre, pero pregúntele a la señora Margarita, en el quiosco de diarios, ella conoce a todo el vecindario.

La señora Margarita le dijo que el departamento de don Gustavo Almarza era el 302 del edificio antiguo que se encontraba justamente detrás del quiosco.

Un viejo de unos setenta años dormitaba con los ojos cerrados y la cabeza gacha en una silla de mimbre al lado afuera de la entrada.

—Disculpe, busco el departamento del señor Almarza —dijo Clemente, acercándose.

—¿Quiere verlo? —preguntó el hombre.

—¿Al señor Almarza? —dijo Clemente.

—No, él no está, me refiero al departamento. Está en venta.

—Ah, sí —se apresuró a decir Clemente—, si puede prestarme la llave.

—Espere un momento —dijo el viejo, levantándose con esfuerzo y dirigiéndose hacia una mesa que estaba adosada a la pared, en un rincón del vestíbulo.

—Aquí la tiene —dijo, pasándole un par de llaves amarradas con un cordel de pita—. Es el 302. Deje cerrada con llave la puerta una vez que salga, por favor.

Clemente subió por una escalera oscura y fría. El edificio no tenía ascensor. Era una de esas construcciones de mal gusto y materiales baratos de los años cincuenta. Las paredes estaban en muy mal estado. Hacía años que no las pintaban. De todas partes salía ese olor a coliflores cocidas que le recordaba el departamento de su madre y que Clara había descrito en las primeras páginas de su cuaderno. Le pareció increíble que un tipo sensible como Almarza —tenía muy buena opinión de él y lo respetaba— escogiera un lugar tan triste y deprimente para encontrarse con su amante. Una mano opositora a la dictadura había escrito en la pared: «Milicos asesinos, ¿dónde están los desaparecidos?»; justo debajo habían dibujado una calavera y más allá, algo borrado por el tiempo, era posible leer «Muerte a Pinochet».

Llegó al departamento 302 y al ver un Sagrado Corazón clavado en la puerta pensó que el portero se había equivocado. Introdujo la llave con temor de estar importunando en una casa ocupada por otras personas, pero la puerta se abrió de inmediato y nada más poner un pie adentro se encontró en un espacio diminuto, casi un pasillo, donde había un sofá y una mesa de vidrio y nada más porque no cabía otro mueble, y un dormitorio un poco más amplio, con una cama matrimonial cubierta por una colcha con flores, dos veladores y dos botellas llenas de piedras, que alguien había convertido en lámparas. Lo demás era un baño minúsculo y otro espacio a modo de cocina, con una cocinilla a gas junto a un pequeño lavaplatos de aluminio.

Clemente se sentó en el sofá desde donde se alcanzaba a ver la cama en la cual seguramente Clara y Hyde habían hecho el amor. Miró el techo blanco con aprensión. En alguna parte de su cuaderno Clara había escrito que Leonel tenía la vista fija en el techo blanco del departamentito de Almarza. Qué estupidez, pensó, eso no quiere decir nada, casi todos los techos son blancos. Entró en el baño. Abrió el botiquín. Estaba vacío. Pasó de vuelta por el dormitorio. Levantó la colcha con flores. La cama no estaba hecha. Había un colchón que se veía bastante nuevo y un par de frazadas dobladas a los pies. Abrió los cajones de los veladores. Vacíos. Abrió una puerta que suponía que era un clóset y lo asaltó un vago olor a naftalina. Se agachó y miró debajo de la cama, sintiéndose completamente imbécil. ¿Qué esperaba encontrar en un departamento que estaba en venta? ¿Los zapatos de Clara? Allí no podía haber nada indicativo de que Clara y Leonel se hubieran amado. Y no lo había.

Abandonó el lugar echándole llave a la puerta y al bajar por la escalera se encontró con el portero que venía subiendo.

—Estaba empezando a preocuparme por el señor. El departamento es chiquito. Me preguntaba qué estaría haciendo tanto rato ahí arriba, hasta que subí a ver. ¿Le gustó?

—¿Cuánto vale? —preguntó Clemente, dándose un poco de tiempo para pensar cómo decirle lo que realmente quería preguntarle.

—Eso no lo sé, eso tiene que hablarlo con la corredora de propiedades, la señora Astorga; abajo tengo sus datos.

—¿No sabe por qué lo vende el señor Almarza?

—Me imagino que debe ser porque él ya casi no lo usaba.

—¿Él era el único que lo usaba?

—Él y el señor Hyde —dijo el portero, produciéndole un vuelco en el corazón.

—¿El señor Hyde?

—Sí, ¿lo conoce?

—Lo conozco —dijo Clemente—, es amigo mío. No sabía que viviera en este departamento tan pequeño.

—No, si no vivía aquí. Venía de tarde en tarde, muy de vez en cuando —dijo el portero.

—¿Venía solo?

—Venía solo. Lo usaba para descansar. Para leer, decía. Era muy buena persona el señor Hyde. Siempre conversábamos.

—¿Por qué habla en pasado? ¿Se murió?

—No que yo sepa. No se ha muerto. Pero no siguió viniendo.

—¿Le comentó que estaba enfermo?

—¿El señor Hyde? No, nunca mencionó que estuviera enfermo, aunque ahora que usted lo dice, se veía mal, andaba pálido y muy flaco. Una vez casi le pregunté por qué había adelgazado tanto, pero qué tengo que andar metiéndome en lo que no me importa y no le dije nada.

—¿Recuerda haberlo visto con una señora delgada, no muy alta, de pelo corto? —preguntó Clemente, arrepintiéndose en el acto.

—No —dijo el portero, sin darle ninguna importancia.

—Usted trabaja aquí desde hace tiempo, me imagino.

—Desde hace veinte años, señor —dijo el portero orgullosamente—. Pedro Rojas, para servirle; a cualquier persona del vecindario que le pregunte por mí, le dirá que soy parte del inventario de esta esquina —sonrió, mostrando una hilera de dientes viejos y manchados.

—¿Y es posible que alguno de los inquilinos de este edificio entre sin que usted lo vea?

—Ah, sí, por supuesto, señor. Lo primero es que hay dos porteros, nos turnamos, un mes Manuel, otro mes yo, es que vigilamos los dos edificios, por eso, y lo segundo es que el edificio tiene otra entrada por Tobalaba. Algunas veces estoy en este lado, otras veces en el otro.

Clemente salió a la calle y lo primero que le vino a la cabeza fue que no había sacado nada en limpio. Pero después, en el taxi que lo llevaba de vuelta a La Reina, cambió de idea. Efectivamente Hyde había estado viviendo en ese edificio. El departamento de Almarza era muy pequeño y todo su entorno resultaba deprimente, tal como había dicho el mismo Leonel, según el escrito de Clara. Y de acuerdo con el portero, Hyde había perdido peso, así que probablemente estaba enfermo. A lo mejor había muerto y este portero no se enteró.

Eran pasadas las diez de la noche cuando llegó a su casa. Subió al segundo piso. Clara estaba en la misma duermevela de antes, pero sabía que él se había ausentado porque cuando se acercó a su cama preguntó: «¿De dónde vienes?», y Clemente sintió la devoradora tentación de decirle: «Del departamentito de Almarza».

## Martes, reencuentro

Al salir del hotel Sheraton me sentí invadida por una desagradable sensación, como si me hubiese desnudado en público. Atravesamos las puertas de cristal y de pronto nos encontramos en la vereda esperando un taxi, Leonel como si no hubiera ocurrido nada importante y yo sin saber qué decirle ni qué sucedería de allí en adelante.

—No me gustaría que Clemente se preocupara por ti —dijo Leonel, tomándome del brazo—, se está haciendo tarde. Es mejor que vuelvas a tu casa antes de que piense que te ha ocurrido algo.

Permanecí muda y un tanto alelada con sus palabras. Tanta solicitud, tanta preocupación por Clemente. Sonaba como un papá.

—Te llamo —dijo, besándome en la mejilla a la vez que abría la puerta del taxi que acababa de detenerse junto a nosotros.

No sé cómo subí al auto ni cómo le di al hombre la dirección de mi casa. Me sentía torpe y confundida. ¿Es mejor que vuelvas a tu casa? ¿Te llamo? ¿Eso había sido todo? ¿Te llamo y nada más? Y yo creyendo que cuando dijo «vamos», me estaba invitando a ponerle un broche a nuestro encuentro, una noche romántica, qué sé yo... a amarnos... Qué tonta había sido. ¿De dónde pude haber sacado una idea tan peregrina? Cuando me dijo «vamos» no quiso decir otra cosa que «vamos a buscar un taxi para que regreses a tu casa». Solamente eso. Y yo fui y me lancé en picada a contarle todo. Zapateando en la fonda de al lado, como siempre, me habría dicho Amanda. ¿Qué diablos pasaba conmigo? ¿Cómo pude ser tan disparatada? ¿Cómo pude contarle a un desconocido todo lo referente a mi enfermedad en circunstancias que ni siquiera Amanda, mi mejor amiga, lo sabía?

El taxi arrancó. Iba hecha un manojo de nervios. De repente tuve el impulso de pedirle al hombre que detuviera el auto y nos devolviéramos hasta donde Leonel se hallaba haciéndome señas de despedida y decirle que todo había sido un malentendido, pero no lo hice. «Vamos a La Reina», dije y me hundí en el asiento. Una cama. Era lo único que necesitaba en ese momento. Una cama para echarme de cara al techo y olvidar este episodio que me hacía sentir risible.

Al entrar en mi casa me recibió un profundo silencio. El lugar me pareció un santuario. Todo se hallaba en penumbra y no volaba ni una mosca. Justina había salido y Clemente no había regresado. Miré la hora. Las nueve y media. Me llamó la atención que no hubiese llegado todavía porque los lunes lo hacía siempre un poco antes de las ocho, para no perder el único programa político que le gustaba mirar en la televisión. Al poco rato llamó para avisar que estaba atrasado, había pasado a tomarse un trago con el hermano de Alberto. Me sentí aliviada cuando dijo que no lo esperara a comer. Lo primero que haría sería darme una ducha y luego le escribiría a Amanda. Le había contado lo de mi enfermedad a un hombre que apenas conocía y ahora me sentía en la obligación de decírselo a ella.

*Querida Amanda:*

*Malas noticias. Siento comenzar mi carta de manera tan brusca, pero prefiero decírtelo de cabeza: hace cuatro meses descubrí que uno de mis pezones sangraba. Y el diagnóstico no fue bueno, es decir, fue lo peor que se puede esperar. No te lo dije antes porque no quise afectarte con mi enfermedad después de la muerte de tu padre, pero creo que ha llegado el momento de contártelo. Me han extirpado el pecho, hubo que sacarlo entero porque había unos ganglios comprometidos, y luego, me sometieron a una fuerte dosis de quimioterapia. No he perdido el pelo, pero estoy tan flaca que doy lástima, y hay días en que me siento muy desanimada. Ya hemos llegado al final de la primera fase del tratamiento y espero que no haya recurrencia. Tengo miedo, eso sí, mucho miedo. Lo más terrible ha sido la mutilación; no te puedes imaginar el horror que sentí la primera vez que me atreví a mirarme al espejo, ay, Amanda, ver la cicatriz en lugar de mi pecho fue un golpe, no fui capaz de sostenerme en pie, se me doblaron las piernas y me derrumbé. Fue como si me hubiesen puesto frente a mi propio cadáver. No pude ni llo-*

*rar. Estaba en estado de shock. Cerraba los ojos y seguía viendo la cicatriz de bordes enrojecidos. Y una noche tuve una pesadilla horrible: me encontraba frente al espejo mirándomela y de pronto le brotaban gusanos. Me ha costado mucho aceptar esta realidad, sé que será un proceso largo y difícil. He preferido referírtelo así, de entrada y sin preámbulos, porque esta enfermedad es como esta carta, un hachazo en la cabeza. Muchas cosas han pasado por mi alma, querida Amanda, desde que descubrí que mi cuerpo, ese tierno compañero que me acompañó hasta hace cuatro meses sin quejas ni sobresaltos, no era más que un monstruo solapado que acabará por devorarme. He sentido en carne viva la inmensa fragilidad de lo que somos, un montón de huesos y de sangre. Como decía un pensador, la libertad es como el aire que respiras: sólo tomas conciencia de su existencia cuando tienes una soga al cuello. Con la vida ocurre lo mismo y yo me siento con la soga al cuello. He recorrido mi vida hacia el pasado intentando comprenderla. He buscado a Dios, a ver si encuentro sosiego y un lugar donde refugiarme para sentir menos temor, algún escondrijo desde el cual pueda imaginarme en una dimensión distinta de mi pobre dimensión humana. Más feliz, tal vez. He procurado entender el sentido que puede tener todo esto, supongo que es lo que todo el mundo hace cuando se ve enfrentado a su muerte. El hecho es que he repasado mi existencia desde que tengo memoria y no me ha gustado lo que veo. Quiero creer y no creo. Quiero tranquilizarme y no me tranquilizo. Veo espacios vacíos por todas partes y no sé con qué llenarlos. Busco desesperadamente mi espiritualidad y lo único que encuentro es un pedestre apego a la vida de mierda. Esto me tiene aún más afligida que la enfermedad. Siento que no he sido lo que quería ser y no he hecho las cosas que anhelaba. Ahora me encuentro con que es tarde para todo. No es del caso decir que hubiera hecho las cosas de manera diferente, porque no las habría hecho de manera diferente; sin embargo, no sé cómo habría sido mi vida si a los veinte años alguien me hubiese avisado que a los cuarenta y seis enfermaría gravemente, y le pondrían fecha de término a mi existencia. Todo se reduce a la escasa conciencia que tenemos de nuestra vulnerabilidad y a la ridícula suposición de que somos inmortales.*

*Clemente ha sido un ángel pero no he podido perdonarlo. Ha estado a mi lado en este doloroso proceso de médicos, hospitales, rayos X, drogas venenosas que te inyectan a la vena y médicos que se dan el lujo de practicar celos profesionales cuando tu vida está en juego (mi doctor se molestó muchísimo porque pedimos una segunda opinión respecto a la droga que él pensaba emplear para atacar el tumor). Los odio, Amanda, odio a los médicos tanto como odié al tumor mientras estuvo enquistado en mi pecho. Aborrezco su lenguaje incomprensible tanto como aborrezco ese lenguaje melindroso que emplean las enfermeras, que te tratan como si fueras una imbécil, «cómase su sopita, mi reina, ¿cómo amaneció mi reinita?, ¿le duele su pechito?», y tú ahí, tirada de cara al techo intentando adaptarte a la idea de vivir con un pecho menos. Mi estada en la clínica fue la peor parte y ya le he dicho a Clemente que, a menos que alguien me ofrezca un milagro matemáticamente comprobable, no vuelvo a inter-*

narme en esos hoteles de lujo donde te cobran diez mil dólares por amputación y quieren hacerte creer que eres privilegiada porque puedes morirte en una pieza con vista a la cordillera, junto a lujosos salones donde esperan tus parientes, en vez de mamarte la tristeza y el olor a mugre y cloroformo de los hospitales modestos. Como si el aroma a fresa pudiera garantizarte una muerte mejor.

Te evito detalles de cómo se ve mi cuerpo deforme, pero te cuento con alegría que me he acostumbrado a la falta de mi pecho mucho antes de lo que creía posible. Es curioso el camino que se sigue entre que te avisan que vas a quedar con un pecho menos y el momento en que te encuentras frente a esa realidad. Al comienzo, cuando me explicaron que era necesario extirparlo, sentí la imperiosa necesidad de que me lo sacaran inmediatamente, y si había que extirparlo todo, que lo hicieran, como si te hubiesen dicho que tienes una bomba de plutonio junto al corazón y sabes que si no te la arrancas ahora mismo vas a explotar. Pensaba que una vez libre del pecho estaría libre de toda la enfermedad. La noche esa, cuando desperté en el cuarto de la clínica, fue otra cosa. Me embargó una horrible soledad, sentí que en el mundo no existía nadie capaz de comprender la indefinible sensación de ser la misma al tiempo de ser otra completamente diferente. Como morir y darte cuenta que has muerto, pero sigues viva. No sé dónde quedó mi pecho ni qué hicieron con él, tampoco me atreví a preguntar. Habrá quedado en cualquier parte, tal como los brazos, las piernas y las manos de los soldados de la Segunda Guerra. Tirada en la cama me sentía como ellos, evocaba las películas donde los había visto envueltos en vendajes sanguinolentos, *con sus muñones al aire y los ojos perdidos en la locura de la batalla. Me estoy dejando llevar por el melodrama, no me hagas caso, disculpa mis excesos. No quiero que te preocupes más allá de lo necesario; hace un par de días decidí tomar la enfermedad como a un toro por las astas, buscar los mejores tratamientos y no seguir compadeciéndome a mí misma. Si nada de eso resulta y si he de morir joven, está bien, aunque no me resigne, está bien, no puedo doblarle la mano a mi propio destino, pero tampoco quisiera dejar de hacer cualquier cosa que pudiera impedirlo...*

Estaba terminando de escribir cuando sonó el teléfono.

—¿Podría verte mañana de nuevo?

La voz de Leonel operó en mi estado de ánimo como un milagro. Súbitamente desapareció todo pesimismo y los colores del mundo volvieron a brillar.

¿Estaba seguro de que le gustaría verme mañana?, preguntó la colegiala. Por supuesto, respondió Leonel, ¿qué creía yo?

—Pensaba que nadie volvería a fijarse en mí —dije, arrepintiéndome en el acto, pero ya lo había dicho. No sé cómo explicar lo absurda que me sentí durante esos escarceos con Leonel, me daba vergüenza comportarme como una adolescente, una mujer madura como yo, casi una vieja, y enferma para más remate, era el colmo de la ridiculez. ¿Dónde se había metido mi criterio?

—Bueno, te equivocaste, yo sí me fijé en ti —dijo Leonel.

—¿Por qué? —pregunté, genuinamente interesada en saberlo.

—Porque nunca he visto unos ojos más tristes que los tuyos.

—¿Y eso te gusta?

—Me intriga.

Esa noche antes de acostarme me hallaba frente al espejo del baño observando con atención los signos de mi rostro —quería ver si realmente mis ojos eran tan tristes como los veía Leonel—, y desde el infinito del espejo emergió el rostro de mi padre. Estaba diciendo algo, podía ver el movimiento de sus labios, pero no entendía bien sus palabras. Pegué la frente al vidrio y lancé la vista hacia adentro, ladeando un poco la cabeza, y entonces lo escuché cantar el aria de su ópera favorita.

Cuando terminó se quedó mirándome y ambos soltamos una carcajada. Momentos más tarde desapareció por el fondo del espejo, dejándome con el alma baileteando en un lugar insólito que no pertenecía a este mundo ni al otro, sino a la eternidad de ese minuto. Sentí dolorosos deseos de vivir, de amar, de conocer otras culturas, de aprender cosas, de rearmar mi vida de nuevo y llegar a vieja convertida en otra mujer.

Al día siguiente, antes de partir a la cita, me arreglé con tanto esmero como la tarde anterior y volvimos a encontrarnos a la misma hora en el mismo hotel, pero esta vez todo sería distinto. Ya no se necesitaba una explicación y no habría tragos ni intercambio de miradas en la penumbra del bar. Ahora bailaríamos al ritmo de una música diferente, o eso al menos pensaba yo.

Llegué media hora más temprano y di vueltas alrededor de la piscina. La pareja de viejos estaba nuevamente en la misma mesa, ella con otro vestido, él con otra chaqueta, y ahora ambos tomaban un martini. Les sonreí y sonrieron de vuelta reconociéndome. Las otras mesas se encontraban vacías. Volví a recordar a la pareja que se insultaba. ¿Qué habría sido de ellos? Aquella vez, mientras los escuchaba matarse, intenté concentrarme en el nombre de la mujer y no logré dar con ninguno. Después, cuando pasó por mi lado y me increpó por intrusa, vi que tenía uno de esos rostros que ves y olvidas casi inmediatamente, una cara anodina y más bien desagradable que podía llamarse de cualquier manera. Tal vez por lo mismo el marido prefería estar en Washington con otra mujer, me dije, arrepintiéndome en el acto de mi reflexión y recordándome que yo también había sido engañada. Y dolía. ¡Cómo dolía! Cuántas noches había pasado dándome vueltas en la cama sabiendo que Clemente se encontraba en esos momentos con Eliana. Había veces en que me paraba frente al espejo del baño y me hundía en mi imagen tratando de descubrir mi fealdad, porque en alguna parte estaba mi fealdad, en alguna parte había fallado, algo había hecho yo misma para apartar a Clemente de esa manera. ¿Era mi manera de ser? ¿El tiempo que termina convirtiendo toda relación en una lata? ¿Me encontraría previsible? ¿Fome?

La noche de la operación, cuando desperté de la anestesia sabiendo que me habían extirpado el pecho, lo primero que hice fue pensar en ellos, me torturaba imaginando a Eliana desnuda, bella, entera, y a Clemente gozando de la visión de su cuerpo. Mucho rato después, tímidamente estiré una mano hasta las vendas. Ahora se alejaba cualquier posibilidad de atraer a Clemente. La imagen de Eliana Cortez haciendo el amor con mi marido en una alfombra adquirió contornos casi sobrehumanos, la veía como a una diosa mitológica y a mí misma como a una mosca observándolos desde una ampolleta que colgaba del techo. En esa cama de la clínica la envidié y la odié, maldiciendo mi suerte.

A las seis entré al vestíbulo y Leonel estaba allí. Cuando me vio aparecer abrió los brazos como si hubiera estado esperándome toda la vida y yo me cobijé ahí como si toda la vida hubiera estado buscando ese espacio. Nos abrazamos largamente. Todo esto parece cursi, y es un poco cursi, qué le vamos a hacer, estas historias siempre suenan cursi cuando se las lleva al papel. Lo malo es que soy muy mentirosa, siempre lo he sido, desde niña. Mi padre me llamaba «la pinoccia», por las mentiras que anotaba en mi diario de vida, en el cual nunca escribí nada que fuera cierto. Mi padre leía ese diario como si se tratara de una novela por entregas. La verdad es que las cosas no ocurrieron exactamente como las he contado, no nos abrazamos largamente en medio de ese vestíbulo lleno de gente que iba y venía con maletas y bolsos y caras de sorpresa y consultas al reloj. Supongo que todas las historias de amor empiezan con una escena más o menos parecida, una mirada repentina, un beso en la boca, un abrazo en el vestíbulo de un hotel atestado de extraños. En nuestro caso nos dimos un beso que a mí me pareció convencional y frío en la mejilla, como dos buenos amigos que se encuentran por casualidad.

Salimos a la calle y ahí Leonel me tomó de la mano, produciéndome un leve rubor y algo de temor también.

¿Qué hacía de la mano con ese hombre, a plena luz del día, delante de todo el mundo, en una ciudad que era un pueblo chico?

Ambos sabíamos que estábamos entrando en un terreno que lleva a otra circunvalación, a la circunvalación de más arriba, a la esfera del amor. No dijimos dónde ni cuándo y no hacía falta. Era obvio que en algún momento terminaríamos en el departamento de Almarza. Y allí terminamos, pero eso ocurrió mucho después. Ahora caminamos por la calle El Cerro hablando sin parar. En ese par de horas debíamos hacer caber el relato completo de nuestras vidas. Estábamos urgidos, no teníamos tanto tiempo y necesitábamos conocernos lo más pronto posible, así que hablamos como loros, con la prisa de los condenados a muerte que saben que esta es la última oportunidad para decirse lo que quieren. Hablamos de muchas cosas, pero sobre todo de nuestra infancia, de cuando éramos más felices y no teníamos la culpa de nada, de mi niñez en el campo, cuando mi madre vivía, de la suya en Cauquenes donde se había criado. Los dos éramos de la provincia del Maule, maulinos de antes que los militares cambiaran los nombres de las provincias por regiones y números. Hablamos de cuando yo jugaba en las matas de quila, sola porque no tenía hermanos, y él jugaba con las cinco hermanas que lo habían martirizado y con un perro de tres patas. Rememoré los tiempos de mi traslado a Santiago, poco después del suicidio de mi madre, y quedé en blanco unos segundos. La luz de la tarde me trajo a la memoria el olor de los pinos y eucaliptos de mi niñez y el vuelo rasante de los queltehues que espantaban a los ratones del campo con sus gritos. Mi padre se había venido antes a buscar una casa y yo me quedé unos días más con tía Luisa, y cuando tomamos el tren en la estación de San Alfonso, y el tren se puso en movimiento, alcancé a ver la cumbre del Trauco tapada con su sombrero de nubes y tuve la certeza de que no regresaría nunca más a esas tierras coloradas donde Enedina se había colgado de un ciprés. Entonces le hablé de Enedina, que tenía un rostro de muda tristeza y pasaba largas horas sentada frente al brasero esperando que el agua hirviera. Pero no era eso lo que esperaba porque cuando la tetera, temblando de humos y calores, comenzaba a tambalearse, ella seguía donde mismo. Siempre sin hablar. Creo que no tenía lengua, le dije, y le conté que una noche Gilberto, su marido, regresó del pueblo de madrugada. Enedina lo había esperado despierta. El hombre, que olía a caballo sudado, entró en la casa borracho al despuntar la mañana. Al pasar al cuarto botó una silla, lanzando gruñidos incomprensibles, cayó a la cama como aturdido y durmió dos días. Mientras dormía, Enedina revisó los bolsillos de su chaqueta y encontró una foto de calendario, vieja, amarillenta. Desde el papel, Brigitte Bardot la miraba con los labios carnosos entreabiertos y un cigarrillo entre los dedos. Enedina la observó asombrada, pasando los dedos por su fino mentón, su cuello largo, sus pechos abultados, y luego apretó la foto con fuerza hasta hacerse daño con las uñas.

Antes de las doce de la noche, cuando ya se había corrido la Cruz del Sur y la lechuza ya había lanzado el grito descorazonado, salió de la casa llevando consigo una soga y un cajón de madera, se internó en el bosque de eucaliptos que estaba un poco más allá de la viña, y lanzó la soga a la rama del único ciprés que había en ese lugar.

Al día siguiente, su hija Francisca andaba jugando por el bosque y la vio. Permaneció todo el día sentada junto a ella, mirándola mecerse y llamándola quedamente, como si tuviera miedo de despertarla. Enedina, Enedina, la llamaba —nunca le dijo mamá—, pero Enedina no le contestaba.

Leonel escuchaba la historia fascinado. Animada por su interés apuré mi memoria y mi inventiva, y de Enedina salté a esas noches en que mi abuela entraba en mi pieza con su capa de lana azul y me despertaba para decirme que los muertos habían salido al patio y estaban bailando bajo las estrellas, y yo salía a pies pelados, medio dormida todavía, sólo para encontrarme con la quietud de esas horas de la noche, sin ningún muerto, porque mi abuela era tan mentirosa como yo.

Así nos dieron las ocho de la noche.

—¿Vamos? —dijo Leonel

—¿A dónde? —pregunté con la voz en un hilo.

—¿Te da miedo?

—No sé, es la primera vez que hago una cosa así.

—Si te complica no tienes que hacerlo— dijo Leonel—, no quiero forzarte a que vayas al departamento de Almarza, lo que pasa es que no se me ocurre otro lugar donde pueda estar a solas contigo. Pero es cierto, se ha hecho tarde. Mira, Clara —dijo después de una pequeña pausa—, nadie ni nada nos apura. ¿Qué te parece que nos vayamos cada uno tranquilo para su casa y nos encontremos el sábado en el departamento de Almarza?

Se lo agradecí. Se lo agradecí mucho. Ahora pienso que si nos hubiésemos ido al departamento de Almarza, en ese momento, la experiencia habría sido desastrosa. Bueno, aquí debo corregirme, porque la experiencia no pudo haber sido más desastrosa de lo que fue, pero lo cierto es que en ese momento no estaba lista todavía. Necesitaba algo de tiempo. Para mí no era cuestión de llegar y desnudarme frente a un hombre a quien conocía hacía sólo un par de días, para mí era cuestión de vida o muerte. Pensándolo bien, de eso se trataba la historia, de mi vida y de mi muerte, no de Leonel.

Cuando la noche empezaba a cerrarse sobre nuestras cabezas volvimos cada uno a su casa. Leonel se marcharía al día siguiente a Concepción y quedamos de encontrarnos el sábado a las seis de la tarde en el departamento de Almarza. Clemente había dicho que se alojaría en Viña del Mar. El edificio nos servía de disculpa a todos; en ese momento, Eliana se llamaba Viña del Mar y Leonel y yo tendríamos toda la noche para estar juntos. Leonel escribió la dirección en un papel y yo subí al taxi aturdida con tanta cosa. En el trayecto a mi casa pensé que este asunto no tenía pies ni cabeza, era una insensatez sin nombre; qué me estaba pasando, dónde había quedado mi cordura, te vas a meter en un enredo monumental, pero en la vida no había nada más monumental que la muerte, qué más daba ahora; además, tenía tres días por delante, tiempo de sobra para echar pie atrás, podría llamarlo a Concepción y decirle que me había arrepentido, qué sé yo, algo se me ocurriría en el camino, nadie me estaba obligando, un entusiasmo, eso era, nada más, un entusiasmo de dos días, qué tanto escándalo; cálmate, mujer, que el mundo no empieza ni termina con un polvo.

# El cuaderno

Era el viernes 3 de septiembre. Clemente no sabía cómo había llegado hasta esta fecha ni adónde se le habían ido los días de ese invierno que ahora terminaba. Una noche se acostó a dormir y al día siguiente Clara se encontraba mucho mejor y los médicos y él y ella misma pasaron tres semanas con los dedos cruzados. Otra noche se acostó a dormir y al amanecer había empeorado de tal forma que parecía que ya no estaría en el mundo al final de esa misma mañana. La enfermedad de Clara llenaba sus horas y su mente y la casa se hallaba sumida en esa penumbra silenciosa de las habitaciones cuando alguien se está muriendo. Las pocas personas que entraban a visitarla caminaban por el pasillo evitando hacer el menor ruido molesto y nadie decía nada. Amanda había llegado hacía diez días y escasamente se movía de su lado. El día en que los médicos dijeron que le quedaban unas dos semanas Clemente la llamó a Estados Unidos y Amanda aterrizó en Santiago dos días más tarde. Fue terrible. Amanda no perdonaba que no le hubiesen avisado antes. Ella había hablado con Clara varias veces en el curso de ese invierno, se habían escrito dos o tres cartas, pero no tenía idea de su enfermedad, nadie le dijo una palabra, ni Clara ni tía Luisa ni Clemente. ¿Se habían vuelto todos locos?, ¿nadie se dio cuenta de lo importante que era para ella saberlo? Clara había sido su hermana, pero ahora y ante la magnitud de lo que estaba ocurriendo nada de eso tenía importancia, decía llorando al lado afuera de la pieza de Clara.

Clemente salió al jardín a fumarse un cigarrillo. Hacer hora para la llegada de la muerte lo estaba destruyendo. En las últimas semanas los años junto a Clara habían desfilado por su mente con dolorosa persistencia, como si desde su agonía el espíritu de su mujer se hubiese empeñado en quedar impreso de manera indeleble en su memoria. Diversos momentos de su vida juntos retornaban una y otra vez. Volvía a escuchar las cosas que Clara solía decir, la evocaba con distintos vestidos, en distintas épocas del año y en otras etapas de la vida, le llegaba su olor a vainilla, su cara larga, sus cejas bien dibujadas, su pelo, se acordaba de cosas que lo sorprendían, detalles que no sabía que estuvieran tan bien conservados en su memoria; escenas que creía olvidadas resurgían resucitándole a la Clara que él había amado. Por ejemplo, la recordaba cuando era muy joven y él la llevó a San Juan de Pirque, uno de los lugares más bellos cerca de Santiago, y allí hicieron el amor por primera vez. Ocurrió una semana antes de casarse. Se amaron en el pasto y fue algo muy hermoso y de cierta forma inesperado para Clemente. Todo ocurrió sin prisas ni angustias bajo el cielo tibio de un día primaveral. Fue como si hubiesen hecho el amor toda la vida. Clara parecía acostumbrada al sexo. Pese a que era virgen se manejaba como una mujer experimentada, y Clemente lo atribuyó a la formación que había recibido de su padre, quien predicaba el amor libre, el sexo descomprometido, la importancia de la sensualidad en cada gesto, en cada «duraznito jugoso» —así llamaba a sus ninfas—. Existía un abismo entre la Clara desenfadada y suelta de esa vez y la Clara de los años que siguieron. Porque había cambiado, se puso cada vez más distante, más cerrada, más inalcanzable. Fue perdiendo la alegría del principio, se fue enroscando, encaracolando, hasta quedar protegida de él, bien escondida en su concha. Tal vez se debió a que sabía que él la engañaba, pero no, su relación con Eliana comenzó mucho después del viaje de Clara hacia su mundo inexpugnable.

El día en que hicieron el amor por primera vez, de vuelta a Santiago, Clara iba sentada junto a él y la escuchaba reírse quedamente, como si estuviera acordándose de algo. Cuando le preguntó qué le causaba tanta hilaridad, ella se tapó la boca para no dejar escapar una carcajada y luego le contó que su abuela tenía un amigo ucraniano que una vez se enredó con una alemana. Se encontraba en un baile en Berlín cuando le presentaron a una mujer muy bonita, alegre, desinhibida, con la cual enganchó inmediatamente. La sacó a bailar y la alemana, que estaba llena de ínfulas, de vida y de olor a pasto, se movía por la pista como si el mundo le perteneciera, completamente feliz y desenvuelta, e introducía su muslo derecho entre las piernas del ucraniano y se apretaba a su cuerpo y luego se soltaba y se daba media vuelta, para volver a arrimársele, hasta que lo volvió loco. No se separaron más que por unos minutos en que ella fue a retocar su maquillaje al baño. Hacia el final de la noche el ucraniano la convidó a su departamento. Allí, luego de beber unas copas más, trató de hacerle el amor y la mujer le puso un dedo en la nariz, como si se tratara de un niño, y le dijo: no, mi amigo, eso sí que no. El pobre hombre, caliente como estaba, intentó bajarle la falda y la mujer le aforró un derechazo que casi lo aturde, y fue entonces, al levantarse del suelo, cuando vio la protuberancia a media falda, alzada, apuntándolo como una estaca y salió escapando tal como estaba, casi desnudo.

—¿Y por qué te acordaste de esto ahora?

—Porque hace un rato tuve la tentación de ponerme una zanahoria y hacerte una broma —contestó Clara, riéndose a gritos.

¡Ah, sí!, en ese tiempo Clara sabía reír con ganas. Clemente la recordaba liviana y suelta como una pluma. Pero luego vino esa mirada de ausencia que tenía el día que abortó a su hijo de cinco meses y Clemente entró en la pieza de la clínica después de la operación y la vio sentada en la cama, con sus grandes ojos negros sorprendidos mirando al techo, como si el niño se encontrara escondido entre las ampolletas de la lámpara. Clemente se sentó al borde de su cama y le acarició la cabeza.

—La próxima vez todo saldrá bien —dijo, sabiendo que Clara no podría tener más hijos porque el médico ya se lo había comunicado a él.

—No habrá otra vez —murmuró Clara, que también lo sabía.

Fue lo único que hablaron del tema. Clara no volvió a mencionarlo. Se le hacía tan manifiesta la falta de comunicación que había existido siempre entre ellos dos que le dieron ganas de llorar. Trató de recordar si alguna vez se habían comunicado abiertamente. Clara nunca le habló de lo doloroso que había sido para ella perder el único hijo que pudo haber tenido, nunca hablaron de adoptar a un niño, por ejemplo, lo que hicieron fue correr una cortina de silencio y echarle tierra al asunto. Le parecía increíble que no hubiese hecho ni una sola mención a esa pérdida en su escrito.

Su madre tuvo desde el principio una mala espina con Clara, no le gustaba. Es que eran como el agua y el aceite. El día en que la llevó por primera vez al departamento con olor a coliflores, que Clara describía en las primeras páginas del cuaderno, su madre hizo un esfuerzo por caerle bien, la atendió con esmero, le ofreció un pedazo de strudel de manzana que había preparado especialmente para ella. Pero una vez que Clara se fue, dijo secamente: «No me gusta que mire a las personas como si no las viera, no me gusta esa cosa que tiene detrás de los ojos».

En ese tiempo Clemente estaba enamorado y cualquier comentario que le hiciera sería interpretado como celos de una madre posesiva (y era realmente una madre posesiva); no obstante, en el curso de su vida muchas veces él mismo vio «esa cosa» que había en los ojos de Clara, esa especie de velo que impedía adivinar lo que estaba pasando por su mente.

El sábado 3 de septiembre, por primera vez, le habían dado una pequeña dosis de morfina. Clemente estaba asustado. Sabía que la morfina apresuraba el proceso de la muerte, pero no había sido posible prolongar más el momento de empezar a doparla. Dos noches antes habían comenzado los dolores y el quejido largo, prolongado y hondo de Clara desintegrándose por dentro le había taladrado los oídos de manera insoportable. No podía dejarla sufrir de esa manera. Por la mañana temprano entró la enfermera a colocarle la inyección y fue como un milagro, Clemente estaba con ella en la pieza, no alcanzaron a pasar cinco minutos desde la entrada del líquido a sus venas cuando su rostro se relajó completamente y en sus ojos asomó una sonrisa de niña.

—Qué alivio —suspiró—, ya no me duele nada.

Clemente se había prometido no volver a leer el cuaderno, pero esa tarde, en un momento en que Amanda y tía Luisa salieron a tomar un poco de aire, mientras Clara dormía, bajó a la cocina y sacó el cuaderno del cajón. Buscó el capítulo donde había quedado la vez anterior, leyó el título, «Martes, reencuentro». Ya se había entregado a la idea de que Clara y su amante hubieran hecho el amor en aquel lugar feo y deprimente donde había estado esa noche de agosto, antes de que Clara empeorara. Volvió a ver la cama de dos plazas con la colcha floreada y los veladores con las dos lámparas y el baño minúsculo, donde seguramente Clara se había lavado después del acto. Pobre Clara, si había llegado a pensar que era muy romántico hacer el amor, estando tan enferma, con un hombre igualmente enfermo como ella, quería decir que había perdido el juicio.

Se adentró en la lectura del capítulo y al llegar a la carta que Clara le escribió a Amanda —nunca la envió—

y a esa parte donde decía: «Clemente ha sido un ángel, pero no he podido perdonarlo», sintió que en esa frase estaba contenida la clave de *Una semana de octubre*. Clara no lo había perdonado y aquella era su manera de decírselo. Este cuaderno era para él, solamente para él. Ahora lo vio claramente y más que nunca sintió temor. No lo había perdonado en todos esos años y esta era su venganza, la más terrible de las venganzas. Sintió deseos de gritar. Ahora le parecía perfectamente verosímil que Clara hubiese tenido una aventura amorosa con un desconocido sólo por eso. Sabía que en algún momento él encontraría ese cuaderno. Y quería que lo encontrara. De lo contrario, no lo habría dejado en el único cajón de la cocina que Clemente solía abrir para sacar su linterna. ¿Pero era posible que fuera tan maquiavélica? Clara no era del tipo de persona que piensa en venganzas cuando se está muriendo. ¿No podría tratarse de una mujer desesperada que, ante la disyuntiva de su propia muerte y vulnerable como está, se enamora de otro? Al fin y al cabo, Hyde era un tipo decente, un buen tipo, y estaba tan enfermo como ella, y tal vez se dieron cuenta de que ambos podían ayudarse. ¿Por qué no? ¿Quién era él para impedir que Clara se ayudara como mejor pudiera? ¿Qué autoridad moral tenía para pedirle fidelidad a su mujer? ¿Por qué no podía ser que Clara se hubiera enamorado genuinamente de Leonel Hyde? También es posible, pensó, sintiendo una gran melancolía apoderándose de su ánimo.

Tarde en la noche entró a verla con el sombrío pensamiento de que no sería capaz de continuar ocultándole que estaba leyendo su escrito, terminaría diciéndole que sabía lo que había ocurrido entre ella y Leonel Hyde, le rogaría que hablaran, no podía dejarla partir con el alma llena de resentimientos hacia él, tenía la urgente necesidad de confesarle su relación con Eliana, pedirle perdón, decirle que la relación había terminado y que no pensaba volver a verla. Pero qué inútil le pareció decírselo ahora, qué valor tendría.

La enfermera estaba tejiendo de pie junto a la ventana. La casa se hallaba sumida en un silencio opresor y en alguna parte chilló un gato espantando a las estrellas. Clemente se acercó a la cama de Clara. La luz de la lamparilla alumbraba su rostro. Lo tenía completamente relajado. Parecía una niña anciana. Se veía eterna y joven a la vez y la muerte ya había empezado a apropiarse de sus rasgos. Le besó la frente tibia y permaneció unos momentos con los labios pegados a su piel. De repente ella abrió los ojos y lo miró como desde un sueño.

—¿Hace rato que estás aquí?

—No mucho —dijo Clemente.

—Me siento mejor —dijo Clara, esbozando una leve sonrisa.

—Descansa, no te esfuerces —murmuró Clemente, acomodándole la almohada.

## Sábado, muerte

Subí los tres pisos casi volando y presintiendo en cada peldaño que si hacía un alto, un solo alto, me devolvería; me conozco muy bien, soy impulsiva, mi primer ímpetu es dejarme llevar por la emoción, ahora sólo bastaba con imprimirle un poco de reflexión a lo que estaba haciendo. Pero no me detuve.

Había pasado los últimos días fantaseando con ese momento, poniéndole olores, colores, ruidos, imaginando la escalera, las luces, el sonido del timbre, a Leonel abriendo la puerta y a mí enfrente de él, y luego vendría un abrazo y yo tendría que decir algo, o también podría producirse un silencio incómodo, un no saber si echarme a sus brazos o esperar, ¿cómo se manejaban estas situaciones con los amantes? No quería partir haciendo el ridículo, tal vez una sonrisa, algún gesto, una palabra, ¿llegué?, ¿aquí estoy?, ¿hola?, ¿qué iba a decirle?, ¿y él?, pasa, pasa, adelante (cerrando la puerta detrás de mí), entonces quedaríamos al otro lado de las cosas, aislados del mundo en el departamentito de Almarza. ¿Cómo sería el departamentito de Almarza? Nunca había estado en un bulín, como los llamaba Amanda. Una vez me describió el departamento adonde la llevó un amante pasajero, y no más poner un pie en aquel lugar sórdido que parecía la sala de espera de un dentista, con muebles rojos de tevinil, olor a encierro y una lámpara horrible que despedía una luz amarillenta, le dieron ganas de llorar. El departamento de Almarza no tenía por qué ser tan feo, tendría un ventanal a la calle por donde entraría luz a raudales, a lo mejor se veía la cordillera, los muebles serían de mimbre, sencillos pero bonitos y de buen gusto, habría una hielera de plata con una botella de champaña y dos copas de cristal y música suave como en las películas norteamericanas.

Pasé el miércoles, el jueves y el viernes llena de dudas y temores, a ratos tomaba el teléfono dispuesta a llamarlo a Concepción y deshacerlo todo y luego me arrepentía y colgaba el fono. Esos tres días me di vueltas haciendo cosas innecesarias, sin poder concentrarme en nada que no fuera mi aspecto físico; me espiaba la cicatriz, a ver si realmente era tan fea y repugnante; fui a la peluquería y me corté un poco más el pelo; recorrí las calles buscando un vestido y compré un perfume; el jueves por la tarde tomé el auto y fui a Isla Negra pensando que el mar me calmaría, pero al llegar me devolví porque no tenía tranquilidad para mirar las olas; había matado tres horas, eso sí. Y ahora iba en el segundo piso convertida en otra (tardé más tiempo en maquillarme, dejarme el pelo perfecto, escoger el vestido apropiado, elegir zapatos y mirarme al espejo, que todo el tiempo que había visto a Leonel en mi vida). Por un ventanuco sin vidrio entraba un chiflón. Feo lugar, me atreví a confesarme, oscuro, con olor a pobreza, a máquina de coser Singer, a sopa de albóndigas, una luz de cárcel rusa alumbraba apenas los pasillos, seguí subiendo sin pensar en nada, el tercero era mi piso, departamento 302 había escrito Leonel en el papelito. Arriba había cuatro puertas. Me detuve frente a la del 302 y los ojos de un Jesús clavado en la madera se cruzaron con los míos; volví a mirar el papel y toqué el timbre antes de que me arrepintiera, y entonces sentí sus pasos y el clic de un interruptor. Estaría apagando una luz o encendiéndola.

En eso se abrió la puerta.

—Hola —dijo Leonel, abriendo los brazos con toda naturalidad, y yo permanecí inmóvil esperando que se acercara, creo que era eso lo que esperaba, ¿o era que las piernas no me respondían?

Nos abrazamos.

Y todo lo que vino después quedará reproducido en este cuaderno, segundo a segundo, como si lo estuviese viviendo de nuevo. Porque no tuvimos más tiempo que ése, fueron las últimas dos horas de la vida de Leonel y de nuestro encuentro, fue ahí donde empezó y terminó nuestro romance, el romance más corto que se ha visto, sólo un chispazo, un avance de lo que podría haber sido.

—Pasa —me dijo como si hubiera alguna parte a la cual pasar, que no la había porque el departamentito de Almarza se reducía a una pieza alargada a modo de living, la pieza en donde estábamos y un cuartucho donde cabían ajustados la cama y dos veladores; luego, había un baño pequeñísimo, un poco más grande que un clóset, y una cocinilla a gas. Se trataba de un espacio realmente minúsculo.

—Esto es todo —dijo Leonel, adivinando mi pensamiento.

—Ya veo —dije, recorriendo los dos cuartos con la vista y sintiendo una pesadumbre en la cabeza.

—Siéntate —dijo Leonel, quitándome el abrigo y señalándome el sofá.

No vi hielera ni copas de champaña. Tampoco había música. No hacía frío ni calor y a pesar de que las cortinas estaban descorridas, no llegaba un solo ruido de la calle. Tuve la sensación de encontrarme dentro de una caja de zapatos.

Nos sentamos uno al lado del otro en el sofá. Un silencio profundo nos envolvió como una manta, no era un silencio embarazoso ni mucho menos, pero sí algo extraño. Ahora pienso que se trataba de esa calladura que impone la muerte justo antes de su llegada, pero, claro, en ese momento pensé en cualquier cosa menos que la muerte se había metido debajo de la cama como una loba hambrienta. Evoco esos instantes y vuelvo a llenarme de terror. Estábamos viviendo los últimos minutos de la vida de Leonel, completamente ajenos a su presencia.

Nos tomamos de las manos y seguramente dijimos algo que no recuerdo, lo que sí recuerdo es que no había nada que explicar y Leonel y yo nos sentíamos sorprendentemente cómodos frente a la intimidad del amor. La incertidumbre que traía conmigo se evaporó como por encanto, las dudas y temores que me acosaron los días anteriores se hicieron humo y pronto me di cuenta de que estaba haciendo lo que debía hacer: me había enamorado de ese hombre y él de mí y eso era lo único que importaba. Me dejé llevar por ese pensamiento. También me acuerdo haber sentido una cierta lástima por nosotros, un hombre y una mujer enfermos que se han enamorado genuinamente o en un acto de suprema desesperación (nunca lo sabríamos), y se han entregado a ciegas a ese amor sin destino. Por otra parte, en ningún lugar estaba escrito que el amor debía tener destino, los grandes amores de la historia jamás lo tuvieron y casi siempre terminaron en la muerte.

Creo que Leonel me preguntó si tenía miedo y seguramente le dije que no. Ven, me dijo entonces y me acercó a él y fue ahí cuando empezamos a tocarnos, a conocernos, a vernos, a amarnos lentamente, no supe en qué momento ni cómo nos fuimos desnudando, sin vergüenza ni rigideces, permitiendo que los gestos fluyeran como la cosa más natural del mundo; yo misma me iba sorprendiendo con mi soltura y con la suya, nunca hice nada por ocultar mi cicatriz o impedir que Leonel la acariciara, desapareció mi cuerpo, me abandoné, no tuve conciencia de nada más que de Leonel, era algo maravilloso, jamás me había ocurrido nada semejante con Clemente, será que a la hora de la muerte el amor también se transforma en otra cosa. Nos recorrimos los cuerpos con ternura y tiempo, mucho tiempo, tenía la sensación de que aquello sería infinito, podía terminar todo menos ese instante eterno, qué placer, qué suavidad, qué dulces las manos de Leonel, era como estar flotando en un sueño líquido, un bello sueño en el cual nada me asustaba, había desaparecido el abismo que me esperaba un metro más allá, el mundo era lento y silencioso, sobre todo silencioso, sólo se oían nuestras respiraciones acompasadas.

En un momento nos cambiamos de lugar. Leonel retiró la colcha que cubría la cama, encendió la luz de una lámpara y caímos sobre la cama, hundiéndonos uno en el otro como si fuéramos de agua.

En otro momento sonó el teléfono, pero estaba sonando desde otro planeta y no le prestamos más atención que la que le habríamos prestado al canto de un grillo en la luna; seguimos con lo nuestro, ¡ahhh!, qué sensación de totalidad, alcancé a pensar que ya no me importaba morir y amé profundamente a Leonel por haberme regalado ese instante en que la muerte era menos importante que yo misma.

Quedamos ambos tendidos de cara al techo, sumidos en esa modorra sin palabras de después del amor, esa universalidad donde todo lo que se dice y todo lo que no se dice descansa en una sonrisa relajada. La pieza del departamentito de Almarza seguía inmersa en un silencio tan cerrado que parecía increíble que hasta ese piso, justamente encima de una calle bulliciosa, no llegara ni un solo ruido.

Leonel encendió un cigarrillo.

—¿Cómo te sientes? —preguntó.

Lo escuché aspirar el humo. Ahora que lo pienso, eso fue lo último suyo que escuché. En ese momento no lo miré, pero sabía que estaba satisfecho, sereno, desatado, podía sentir su calma. Sonreí. Yo también me sentía relajada.

—Bien, estoy bien.

Luego, permanecimos un buen rato sin decir nada. Muchas cosas cruzaron por mi mente mientras Leonel descansaba a mi lado. Pensé en Clemente. Tal vez sus horas de amor con Eliana eran parecidas a lo que yo acababa de vivir. Súbitamente lo comprendí. Traté de recordar cómo hacíamos el amor Clemente y yo y no fui capaz de recobrar nada de ese tiempo, como si nunca hubiera existido.

—Qué rara puede ser la forma como se dan las cosas —dije entonces.

Leonel no respondió.

—¿No te parece que esto es muy extraño? A veces me pregunto si no estará todo determinado desde siempre. ¿Qué crees tú? Tal vez nosotros dos estábamos destinados a pasar estas horas haciendo el amor desde que nacimos. Cuando lo pienso me dan escalofríos. Querría decir que todo está dispuesto y la vida es un asunto sin opciones. Prefiero pensar que no es así, que dentro de ciertos límites tenemos libertad para decidir y algún control sobre nuestro destino, ¿y tú?

Tampoco hubo respuesta.

En ese momento me acometió un horrible presentimiento. Me volví a mirarlo y fue entonces cuando me di cuenta de que algo horroroso estaba pasando, algo de veras terrible. Leonel se hallaba completamente inmóvil, ay, como un mármol; sus ojos estaban fijos, detenidos, muy abiertos, como si hubiese visto algo que lo dejó mudo de sorpresa. Sus pupilas se habían dilatado y no tenían mirada, la cara blanca, la frente tersa, la boca extrañamente abierta. Dios mío. Lo remecí por los hombros, Leonel, qué te pasa, ¿te sientes mal?, dime algo, por favor mírame, estoy aquí. Pero le estaba hablando a una piedra. ¡Leonel!, grité angustiada y me levanté de un salto y me puse la ropa a toda carrera y lo cubrí con la colcha. No supe qué más hacer. Me detuve frente a su cuerpo y me quedé mirando sus formas que se dibujaban bajo el trapo floreado. Volví a remecerlo. Le cerré los ojos, apoyé mi cabeza en su pecho y busqué su pulso en la muñeca, luego en el cuello, y entonces constaté, con espanto, que había muerto. Había muerto justo después de hacerme el amor, casi en mis brazos, sin alcanzar a decir nada, sin emitir un quejido, como un pájaro que alza el vuelo callado. De pronto el departamento de Almarza quedó convertido en el espacio más sombrío del planeta y allí estaba yo, en medio de aquella calamidad, con un hombre que había sido mi amante por un par de horas y ahora yacía a mi lado, inerte. Tengo que llamar a la policía, pensé, acercándome al teléfono y levantando el auricular, pero cuando estaba a punto de marcar el número me detuve. ¿Qué podía decirles? ¿Que llamaba desde el departamento del senador Almarza para avisar que mi amante había muerto de un ataque al corazón? Almarza era un personaje público. Aquel era el departamento donde se encontraba con su amante. Seguramente su mujer ni siquiera sabía que tenía una amante. El escándalo sería terrible, yo tendría que declarar, ¿y cómo explicaría mi presencia en ese lugar? Nadie creería mi historia. Eran las diez de la noche. ¿Y si llamaba a Blanca? Cálmate, cálmate, me dije entonces y me senté en el sofá. El bulto de los pies de Leonel bajo la colcha se divisaba desde mi asiento. Cerré los ojos y traté de serenarme. Abrí una guía telefónica que estaba en el suelo y busqué el número de la casa de Leonel. No aparecía. Tampoco aparecía el de Almarza. Volví al cuartucho y descorrí la colcha dejando medio torso de Leonel descubierto. Me abracé a su cuerpo desnudo y pude olerme en su pecho.

Cerré las cortinas, le acomodé la cabeza, saqué sus manos de debajo de la colcha y se las crucé sobre el pecho, apagué la lámpara, me puse el abrigo y bajé los tres pisos sintiendo la parálisis del miedo.

En la calle me golpeó el aire frío. No se veía un alma y estaba muy oscuro. Avancé unos metros hacia la esquina para buscar un taxi y entonces me acometió la duda de si había cerrado la puerta del departamento. No, no la cerré, me dije, y me di vuelta y subí a saltos los tres pisos. Llegué arriba con el corazón desbocado. Efectivamente la había dejado abierta. Entré al recinto y me senté unos momentos en el sofá para tomar aire y recuperarme de la carrera.

Volví a bajar y tomé un taxi en la esquina.

Clemente no alojaría en la casa y Justina había ido a Rengo a visitar a su familia. La casa estaba callada y solitaria, como siempre. Subí a mi cuarto y me senté en la cama. No sé cuánto rato estuve con la cabeza entre las manos intentando ordenar mis pensamientos. ¿Cómo dejar a Leonel tirado en ese departamento? Quién sabe cuántos días pasarían hasta que Blanca o su hija o alguno de sus amigos se dieran cuenta de que estaba ocurriendo algo anormal y lo buscaran. Blanca sabía que él estaba viviendo en el departamentito de Almarza, Leonel se lo había dicho, pero también sabía que quería estar solo un tiempo. No era nada probable que fuera a visitarlo el domingo, pero podría llamarlo el lunes, por ejemplo, y como nadie contestaría el teléfono pensaría de inmediato que algo raro estaba sucediendo. Leonel estaba enfermo, por supuesto que Blanca se preocuparía e iría hasta allá y entraría al departamento, con la llave del portero, y entonces lo encontrarían muerto. ¿Y sus padres? ¿Tenía padres, Leonel? Sabía que tenía varias hermanas. En todo caso, lo más atinado era tratar de ubicar a Almarza. También podía recurrir a Alberto López. Alberto estaba a punto de partir a un largo viaje alrededor del mundo, con Alicia, pero no se iban hasta la próxima semana, podía recurrir a él y pedirle auxilio. ¿Qué le diría? ¿Que de la noche a la mañana me había convertido en la amante de su amigo y su amigo había muerto en el departamentito de un político, donde nos encontramos para hacer el amor? Sonaba espantoso, pero qué otra cosa podría decirle, era justamente lo que había pasado. Alberto correría a contárselo a Clemente, de eso no me cabía ninguna duda, eran íntimos amigos.

Cerca de las tres de la madrugada caí desplomada y me hundí en un sueño abrumador.

Al día siguiente desperté temblando de frío encima de la cama. Miré la hora. Eran las ocho de la mañana. Me di una ducha y salí rumbo al departamento de Almarza sin pensar en lo que estaba haciendo. Llegué allá y cuando estuve frente a la puerta del 302 me di cuenta que no tenía la llave. Nunca había tenido la llave. Hay veces en que la vida se convierte en una comedia absurda. Me puse a buscar al portero por todo el edificio, pero no se veía a nadie. Toqué el timbre en un departamento del primer piso y una mujer de unos cuarenta años, con la cabeza llena de cachirulos y una bata verde limón, abrió la puerta con desconfianza. «Los domingos no hay portero, tienen el día libre los dos», dijo de mala gana y luego cerró la puerta de golpe. Sentí que mi suerte estaba echada. No le diría nada a nadie. Que la suerte del cadáver de Leonel se decidiera sola. Me pareció monstruoso pensar así, pero no había nada que pudiera hacer, peor era revelarle a todo el mundo mi secreto, haría sufrir a Clemente, a Blanca, a la hija de Leonel, colocaría a Almarza en una situación ingrata, nadie se beneficiaría sabiendo que yo estaba con Leonel a la hora de su muerte. Pronto aparecería la noticia en los diarios: «Encuentran a empresario muerto de ataque al corazón en un departamento». No era la primera vez que ocurría algo semejante, cualquier persona podía sufrir un infarto y morir repentinamente, yo no podía hacer nada, lo más cuerdo era quedarme muda.

El resto del domingo fueron horas que nunca sabré dónde se metieron ni qué ocurrió mientras pasaban. Sé que no me moví de la casa, creo que tampoco me moví de la pieza, y si me apuran un poco diría que no me moví de la cama. Estaba paralizada de miedo y no lograba asimilar lo que había sucedido.

Al caer la noche sentí la llave de Clemente en la puerta y bajé corriendo la escalera y lo abracé. Debe haberle parecido sumamente extraño. Ese arrebato de cariño no era nada frecuente en nuestra relación distante y limada por la indiferencia de tantos años. No era cariño, por lo demás, sino temor, pero Clemente no podía adivinarlo.

—¿Qué pasa? ¿A qué viene esta explosión de amor? —preguntó entre divertido y sorprendido.

—No, nada, te estaba esperando, eso es todo.

Y él no se dio cuenta del estado de mi rostro, ni de mi ánimo, ni de la tembladera de mi voz, ni de mis ojeras. O se dio cuenta y lo achacó a mi enfermedad.

El lunes, en cuanto desperté, le pedí a Justina que comprara el diario. Clemente se sorprendió. No trae más que fútbol, dijo, espera el de la tarde. La cosa es que lo revisé página a página, con los dedos temblando, presa de un nerviosismo que no lograba dominar. Clemente se encontraba a mi lado y no sé cómo no se dio cuenta de que algo raro estaba pasando.

Una semana más tarde, luego de revisar acuciosamente todos los diarios del día y no encontrar ni una sola palabra acerca de la muerte de Leonel, volví al edificio dispuesta a preguntarle al portero si el señor Hyde estaría en su departamento.

Al entrar al edificio vi a un hombre de unos cincuenta años cambiando una ampolleta. Buenos días, le dije, estoy buscando al señor Hyde. Necesitaba hablar con él, lo había llamado por teléfono y no respondía, había golpeado la puerta durante un buen rato y nadie abría, pero me parecía extraño que no estuviera, él mismo me había citado a esa hora, ¿se habría marchado?

—¿No sabe lo que pasó? —preguntó el hombre, observándome con atención.

—Qué cosa...

—El señor Hyde sufrió un infarto el sábado o el domingo, no se sabe. Lo encontraron el lunes en la tarde. Estaba muerto cuando la señora entró al departamento. Ella no tenía llave. Estuvo mucho rato tocando el timbre y nada, yo mismo le abrí la puerta con una ganzúa, y ahí lo encontramos.

Me afirmé en el borde de la mesa tratando de disimular mi nerviosismo.

—¿Quién era la señora? —balbució.

—La señora de don Leonel. La señora Blanca. Dice que lo estuvo llamando toda la mañana del lunes y como no le contestaba trató de ubicar al dueño del departamento, al señor Almarza, pero el señor Almarza andaba de viaje, así que vino ella con una señorita. Fue terrible. Llevaba quién sabe cuánto tiempo muerto el pobre caballero.

—¿Y se lo llevaron?

—Claro. Vino un forense y otras personas que trajeron. Se lo llevaron el mismo lunes en la tarde. Creo que lo enterraron el martes. Pobre don Leonel, era muy buena persona el caballero. Había pasado la última semana en el departamento del señor Almarza, siempre lo usaba, venía a descansar, decía que aquí leía tranquilo, sin que lo molestaran. ¿Quiere dejar su tarjeta? La señora Blanca dijo que si alguien preguntaba por él dejara su tarjeta.

—No, gracias, llamaré a Blanca por teléfono.

Me eché a caminar sin rumbo fijo y anduve muchas horas dando vueltas por las calles. Seguramente la noticia no apareció nunca en los diarios. Blanca debió sospechar que Leonel no se encontraba solo en el momento de su muerte. Tal vez dejé algo en el departamento que delató la presencia de una mujer y la familia no quiso armar un escándalo. En todo caso me parecía extraño que Alberto no hubiese llamado a Clemente para contarle que su amigo había muerto, pero pensándolo bien, ¿por qué tendría que haberlo llamado? Clemente lo conocía muy poco y esa semana Alberto y Clemente apenas se hablaron, porque Alberto estaba ocupado preparando su viaje.

A partir de aquel día mi vida cambió. Aunque parezca extraño, porque en qué puede cambiar la vida de una persona que está condenada a muerte, se preguntará el lector, pero yo no fui la misma después de Leonel. A él le debo muchas cosas, le debo un amor que hacía tiempo quería volver a experimentar, le debo emociones que pensé alejadas de mi corazón para siempre, le debo un minuto de plenitud en el cual volví a sentirme una mujer entera, con la vida por delante, pero por sobre todas las cosas le debo la forma como voy a enfrentar mi propia muerte. Últimamente me he sentido muy cansada. Mientras escribo estos recuerdos siento que la vida se me va. Casi no tengo fuerzas. Ayer tuve que pedirle a Clemente que me llevara al baño en brazos. Hoy me levanté a duras penas, no sé de dónde saqué fuerzas para bajar a la cocina y terminar mi relato.

Mañana, o el día después de mañana tal vez ya no me encuentre aquí.

# El cuaderno

Clara murió un día de septiembre a media tarde. Se fue en medio de un sueño. Clemente estaba con ella. De repente entreabrió los ojos y vio las cosas por última vez. Las ramas del nogal se mecían con el viento y algunas de ellas golpeaban el vidrio de la ventana. Sobre la cómoda alcanzó a ver el rostro de su padre sonriéndole desde la foto, y más allá el de Clemente, borroso y lejano, como si estuviera en otra parte. Luego, la envolvió una noche quieta y azul y sintió que su cuerpo no pesaba. Ya no volvió a abrir los ojos ni dijo nada. Su frente se relajó y ella fue hundiéndose lentamente en el sopor, como si estuviera entrando al agua tibia.

Esa noche la dejaron en la casa. Clemente le pidió a Justina que no permitiera entrar a nadie en la pieza. Incluso a Amanda le pidió que por favor lo dejara a solas con ella. Quería hablarle, acompañarla en esa última parte de su viaje. Se sentó a su lado en la cama y le tomó la mano fría y le dijo cosas que nunca se atrevió a decirle en vida. Nadie supo qué era lo que estaba musitándole. Sólo

Clara lo escuchaba. Estuvieron muchas horas así, Clemente desahogando su corazón y ella asintiendo desde su silencio.

Una semana antes de morir, Clara le había pedido a tía Luisa que la enterraran junto a la tumba de su padre.

El funeral fue sencillo. Había poca gente, sólo algunos familiares y los amigos más íntimos.

La noche del entierro, Clemente despertó sobresaltado y bañado en lágrimas. Bajó a la cocina. En la casa flotaba un silencio más hondo que el habitual. Desde alguna parte llegó el grito de un gato nocturno que solía andar por las panderetas. Clemente salió a la terraza. Había empezado a llover. Un viento extraño para el mes de septiembre movía las ramas del laurel que Clara plantó en memoria de su padre. Al lado del ventanal seguía colgada la calavera de vaca que Amanda había traído una vez desde Nuevo México. La mata de hortensia había vuelto a florecer. Parecía que nada había cambiado, pero había cambiado todo. Un gran vacío se apoderó de su espíritu. Estaba mirando caer la lluvia cuando se acordó del cuaderno. Entró en la cocina. El cuaderno se hallaba donde mismo. Lo tomó sintiendo que le quemaba las manos. Lo abrió y se sentó a la mesa con el cuaderno abierto en el último capítulo. Estuvo un rato mirando las letras, casi sin verlas, y luego fijó la vista y leyó, leyó rápido para terminar pronto, saberlo ya, acabar de una vez. Al llegar al final de la historia las lágrimas se agolparon en sus ojos. Estaba atónito. Por sus venas corría la misma tristeza que había acarreado durante la penosa enfermedad de Clara y que ahora parecía empozada y al borde de derramarse. Las palabras de Clara y esas horas junto a Leonel Hyde le dolían como nunca le había dolido nada. Pero no era el dolor de los celos, sino el dolor de su propio yerro, de su culpa, su terrible falencia. Él había fallado. Había sido un pésimo marido. La había engañado casi toda la vida, livianamente, sin pensar las consecuencias, sin ponerse nunca en su lugar. Ese cuaderno era el producto de la gran frustración que debió haber sentido Clara. Ella tuvo que enfermar gravemente para que yo volviera, se dijo apesadumbrado.

Dejó vagar la vista por la pieza tratando de contener la emoción. Lo que acababa de leer lo había dejado temblando. Repasó nuevamente el capítulo, esta vez con detención. Había sido un estúpido y un cobarde. Era muy probable que la historia de Clara y Hyde hubiese ocurrido tal como Clara la contaba. Le parecía terrible que Leonel Hyde hubiese muerto de esa forma. Un infarto. Se daban esos casos. Intentó evocar su figura larga y desgarbada y le pareció verlo sentado frente a la chimenea de su casa hablando con Clara.

Seguía pareciéndole extraño que Alberto no le hubiese dicho algo, que nadie lo hubiese comentado, esas cosas siempre se sabían; sin embargo, también podía ser que a Alberto no se le hubiera ocurrido avisarle, ¿por qué hacerlo? Si no hubiese encontrado el cuaderno de Clara, Leonel Hyde no habría tenido la menor importancia en su vida, un cliente más. Y también podía ser que su muerte no hubiera llamado la atención, si ya estaba tan enfermo. Lo único cierto era que nadie supo que Clara se encontraba con él... Clara... no podía entenderlo... cómo pudo pasar los últimos meses de su vida con esa carga en su conciencia, sin decirle nada... aunque se lo dijo, de cierta manera se lo dijo, por algo lo escribió en el cuaderno antes de morir, por algo hizo el esfuerzo de bajar ese día a la cocina para escribir, tenía que haberlo hecho a duras penas, estaba sumamente débil. Finalmente Clara había confiado en él. Tal vez siempre supo que él estaba leyendo su cuaderno a escondidas. Por eso lo dejaba a su alcance en el cajón de la cocina.

Quiso recoger el tiempo y recordar a Clara en octubre, la Clara de los momentos en que había ocurrido todo aquello, pero fue inútil, a esa hora la única imagen de ella que tenía ante sus ojos era la del ángel de cera que quedó en la cama.

«... y fue ahí cuando empezamos a tocarnos —leyó una vez más—, a conocernos, a vernos, a amarnos lentamente, no supe en qué momento ni cómo nos fuimos desnudando, sin vergüenza, ni rigideces, permitiendo que los gestos fluyeran como la cosa más natural del mundo; yo misma me iba sorprendiendo con mi soltura y con la suya, nunca hice nada por ocultar mi cicatriz o impedir que Leonel la acariciara, desapareció mi cuerpo, me abandoné, no tuve conciencia de nada más que de Leonel, algo maravilloso, jamás me había ocurrido nada semejante con Clemente, será que a la hora de la muerte el amor también se transforma en otra cosa, nos recorrimos los cuerpos con ternura y tiempo, mucho tiempo...».

Sintió un nudo apretado en la garganta, nunca borraría esa escena de su mente, como si en ese momento él mismo hubiese estado allí, espiándolos. No pudo seguir leyendo y rompió a llorar.

En su billetera estaba el teléfono de Leonel Hyde. Lo andaba trayendo consigo desde hacía varios meses. Una tarde se lo pidió a la secretaria del edificio de Viña del Mar. Sabía que en algún momento llamaría a esa casa y aquel momento sería el final de la historia; luego, tiraría a la basura el papelito que le molestaba como una espina. Un temor casi infantil lo acosaba cada vez que miraba ese número, era cosa de apretar unos cuantos botones y preguntar por Leonel Hyde, nada más, pero nunca se atrevió.

Soñó con el fondo del mar. Allá abajo, lejos, como en otro mundo se alcanzaban a divisar los cuerpos desnudos de Clara y Hyde acercándose, oliéndose, alejándose y volviendo a tocarse las escamas de la espalda con las colas. Era una especie de danza en la cual subían y bajaban y sus colas armaban remolinos de agua oscura que enturbiaban el ambiente. Sus rostros estaban embutidos en los cuerpos de dos peces plateados que lo miraban y sonreían con una pillería de niños chicos, como si estuviesen participando en alguna diablura.

Despertó con el sueño incrustado entre las cejas y casi automáticamente, como si una fuerza externa le guiara la mano, sacó su billetera del cajón del velador y buscó el papelito con el número de Hyde.

—¿Podría hablar con Leonel Hyde? —preguntó, sintiéndose todavía en medio de la pesadilla.

—No se encuentra en la casa en este momento —dijo una voz de mujer.

Se produjo una breve pausa.

—¿No sabe a qué hora volverá?

—Fue a comprar cigarrillos a la esquina, así que no va a tardar más de diez minutos. ¿Quiere dejarle algún recado?

—No, gracias, lo llamaré después.

Este libro se terminó de imprimir
en el mes de marzo de 2010,
en los talleres de CyC Impresores Ltda.,
ubicados en San Francisco 1434,
Santiago de Chile.